僕がモンスターになった日
2
原案:れるりり
(Kitty creators)
著:時田とおる
イラスト:MW
(Kitty creators)

ureshino
hayato

嬉野疾斗《うれしの　はやと》

平凡な高校生。自分に自信がない。
護と一緒に始めた『Lv99』をやりこんでいる。
武器：剣

syodo mamoru 正道護《しょうどう まもる》

疾斗の幼なじみ。

高校に入ってからは疎遠気味。

武器：剣

kanzaki koki

観崎功樹《かんざき　こうき》

疾斗のクラスメイトでお調子者。

武器：斧

hijikata yuzuru

土方悠弦《ひじかた ゆづる》

秀才の生徒会長。

人を惹きつけるカリスマ。

武器：二丁拳銃

himawari tsukasa

日廻つかさ《ひまわり つかさ》

疾斗のクラスメイト。
学校一の美少女。
クエストで魔王を倒
したが……。
武器：弓

ジャンル：異世界ファンタジーRPG

剣や弓、斧など、好きな武器を選んで自分のアバターを作り、ファンタジー世界で勇者となって、モンスターを倒すのが主な遊び方。他にも町や城を作ったり、人助けをしたり、様々な遊び方ができる。友達と ID を交換すれば、四人までのマルチプレイも可能。

十代の若者を中心に人気を集めているが、謎が多く、不穏なうわさも流れている。それは……

―― レベル 99 になると、何かが起きる。

contents

僕がモンスターになった日 2

原案／れるりり(Kitty creators)

著／時田とおる

20768

角川ビーンズ文庫

本文イラスト／MW（Kitty creators）

プロローグ

遠い昔の記憶

「つかさ！　護《まもる》！　疾斗《はやと》！　早く早く！　他《ほか》の子に見つかっちゃう」

その女子生徒は階段を軽快に上り、護と疾斗、つかさを振《ふ》り返って急《せ》かす。肩《かた》までの長さの髪《かみ》が、ふわふわと揺《ゆ》れている。

立ち入り禁止と書かれた屋上のドアの前に立つと、彼女は両手でドアノブを持って、そのままドアを持ち上げた。


ガコッ。


「よっしゃ！　開いたわ！」

「[redacted]……何で開け方知ってるの？」

護が驚《おどろ》きながら尋《たず》ねると、[redacted]はにまっと悪戯《いたずら》っぽく笑う。つかさと顔の造作はそっくりなのに、二人は表情と髪型が似ていないせいか、見分けが付く。

「んっふっふ、水泳部のＯＧの先輩《せんぱい》にこっそり教えてもらったのよ」

「ここ、立ち入り禁止だろうが。何でわざわざこんなとこ……」

「ここなら誰《だれ》も知らないし来ない！　つまり誰にも邪魔《じゃま》されずにゲームができるのよ！」

「うわ、ゲーム廃人《はいじん》がいる」

ぽつりと呟《つぶや》いた疾斗の言葉に、[redacted]は勢いよく振り返った。

「あんたにだけは言われたくないわよっ‼　くそー、でもちょっと面白《おもしろ》いじゃないのよ、その自虐《じぎゃく》ネタ」

怒鳴《どな》りながらも、[redacted]の顔は堪《こら》え切れず笑っていた。

「誰も知らないって言われると、秘密基地みたいでちょっとわくわくするね」

護の言葉に、つかさもうなずく。

「ふふっ、たしかに！　でも見つかったら、怒《おこ》られちゃうかな？」

言葉は心配そうでも、つかさの顔は楽しそうにほころんでいた。そんなつかさの言葉を受けて、疾斗は親指で[redacted]をさす。

「こいつを生け贄《にえ》にすればいいんじゃねえの。こいつが開けたんだし」

「ひどいわ疾斗！　私達、地獄《じごく》の果てまでいっしょだって誓《ちか》った仲じゃない！」

「ンな重てえこと誓った覚えはねえ！」

大袈裟《おおげさ》に悲しんでみせる[redacted]に、疾斗が容赦《ようしゃ》なくツッコミを入れる。そんな二人を見ておかしそうに笑いながら、つかさがのんびりと空を見上げた。

「私はどうせ行くなら、遊園地とか、楽しいところに行きたいなぁ」

「たしかに。じゃあ今度行こうよ、遊園地！」

つかさの何気ない提案に、意外にも護が食いついた。反対に疾斗はやる気なさそうに目を細める。

「えー……マジで行くのかよ」

「行こうよ疾斗くん！　四人で行ったら、きっと楽しいよ？」

つかさがキラキラした目で疾斗を見つめると、疾斗はどこか居心地《いごこち》が悪そうに視線を逸《そ》らす。その耳が赤くなっていた。

「……別に、行かないとは言ってねえよ……」

疾斗の反応を見て、護と[redacted]がニヤッと笑い、声を揃《そろ》える。

「「素直《すなお》じゃないなー」」

「うるせえな！　そ、それより、ゲームしねえのかよ！」

「「やる！」」

疾斗の声に、三人は揃ってスマホを出した。三人に遅《おく》れて、疾斗もポケットからスマホを取り出す。

四人はほとんど同時に『Lv99』を起動する。屋上は少し通信状況《じょうきょう》が悪いのか、始まるまでのロード時間が長く感じられた。

「私達も早く[redacted]ちゃんと護くんのレベルに追いつかないとだねー、疾斗くん」

「だな。先に始めやがって……裏切り者どもめ」

疾斗が護を睨《にら》んだが、護はその視線を気にもせず答える。

「でも疾斗も別のゲームしてたし、僕らが始めた時は新しいゲーム勧《すす》めても、始めるつもりなかったでしょ？」

「まあな。そういえば、つかさは何で[redacted]といっしょに始めなかったんだ？」

ロード画面をとんとんとリズム良くタップしていたつかさは、疾斗に笑って答えた。

「疾斗くんもまだ始めてないって[redacted]ちゃんと護くんが言ってたから、それなら私は疾斗くんといっしょに始めようかなって思って。疾斗くんだけレベル低いと、やりにくいでしょ？」

「そんなの気にしなくてもいいのに。――さっきから何ニヤニヤしてんだよお前らは！」

「「別にぃ〜」」

楽しげに見つめる護と[redacted]の視線に、なぜか疾斗は焦《あせ》ってしまう。

「お前らのレベル超《こ》えたら覚えてろよ……！」

「その前に私達はレベル99になってやるわ。私はサービス開始日から始めてるし、護は昨日、超《ちょう》レア武器の『伝説の剣《けん》』手に入れたのよ？　この剣、経験値が超溜《た》まるのよ？」

「レアアイテム持ってても気は抜《ぬ》けないよ、[redacted]。相手は疾斗とつかさだからね」

「つかさ、絶対こいつらのレベル追い越《こ》すぞ」

「うん！　がんばろうね！　あ、ロード終わったみたい」

つかさの声でスマホに目をやると、ロードが終了《しゅうりょう》していた。しかし四人とも、すぐにはスタートしようとしない。

「んじゃ、『Lv99』スタート！」

[redacted]の明るく期待に満ちた声を合図に、四人は同時に画面をタップする。

トンッ――

第六章

いつの間にか僕の身体は痛みを感じなくなった

「――日廻《ひまわり》つかさが、新しい魔王《まおう》になったんだ」

護の言葉に、その場が静まり返る。

「新しい、魔王……？」

その言葉がうまく理解できず、疾斗は呆然《ぼうぜん》と呟く。

知らない場所で目覚め、『この世界にいる魔王を倒《たお》せばゲームクリア』と言われ、その通りになった。

嬉野《うれしの》疾斗。日廻つかさ。観崎功樹《かんざきこうき》。土方悠弦《ひじかたゆづる》。正道《しょうどう》護。

五人は突然《とつぜん》『Lv99』のゲームの世界に巻き込まれ、ゲームクリアのためにこの世界のラスボスである『魔王』を探し出した。

そして、つかさが魔王にトドメを刺《さ》した。

――それで、この異常なゲームは終わりのはずだった。

しかし再びゲームが始まり、新しい魔王が誕生した。護は、それがつかさだと言う。

「魔王を倒した勇者《プレイヤー》が、次の魔王になるんだ」

生まれながらに色素の薄《うす》い護の瞳《ひとみ》は、悔《くや》しげに細められている。その端整《たんせい》な横顔は憔悴《しょうすい》しているようにも見えた。

「そんなの……じゃあ、どうすればいいんだよ。つかさ、元に戻《もど》るんだろ？」

「…………」

疾斗の言葉に、護はうつむいて答えない。疾斗は思わず彼に掴《つか》みかかっていた。

「何か方法、あるんだろ!?　おい、護っ!!」

きっと疾斗は、護の答えをわかっていた。だが、認めたくなかった。護に否定してほしくて、そんなことを言っていた。だが、護は首を振《ふ》る。

「……元に戻った人は、いない。魔王になったら、倒すしかないんだよ」

「そ、それって、つーちゃんを倒さないと、俺達も帰れないってこと……？　嘘《うそ》でしょ？　ありえないでしょ。だって、つーちゃんなんでしょ？　無理じゃん、絶対……」

事態を飲みこめず、混乱した功樹の言葉に、護は無言でうなずく。そしてふと、彼は怯《おび》えた目で護を見た。その様子は派手な容姿に似合わず、気弱なものだった。

「じゃ、じゃあさ、護は魔王になろうとしてたってこと？　魔王、倒そうとしてたし……」

「そんなはず……」

疾斗は小さく否定する。疾斗には幼なじみの護がそこまで考えなしだとは思えなかった。

護は傷が付いた白いアミュレットを見て、それをぎゅっと握《にぎ》りしめた。

護同様、疾斗には黄色の、功樹には水色の、悠弦には黒のアミュレットが、この世界に来た当初からつけられていた。

「僕は……僕だけは、魔王にならないんだ」

「でも、魔王を倒した奴《やつ》が次の魔王になるんだろ？」

「それは――」

護が何か言いかけた時、悠弦が不意に窓に近づき、厳しい声を出した。

「護。外に何かいる」

そう言った悠弦の眼鏡《めがね》の奥、切れ長の目は細められ、手には銃《じゅう》が握られていた。

「さ、さっきの奴ッスか!?」

「いや、違《ちが》うモンスターだ。――気付かれたか」

悠弦が左手を胸元《むなもと》に当てると、彼の黒いアミュレットがわずかに光り、そこからもう一丁、銃が現れる。この世界では武器はこのアミュレットから出し入れできるのだ。

疾斗達も、窓の外を見る。

そこでふと、疾斗はその景色に一つ、違和感《いわかん》を持った。

パステルカラーを基調とし、遊具や可愛《かわい》らしいもので彩《いろど》られた遊園地のような世界。しかしその中に一つ、その風景にそぐわないものがあった。

(……プール？)

学校と同じ、水の張られたプールが見えた。学校で見るものとほとんど変わらない。いや、一緒《いっしょ》なのかもしれない。

(何で、あれだけ違うんだ……？)

「何あれ、こっちに来る……!?」

功樹の怯えた声に、疾斗はハッと我《われ》に返る。

空から、二、三匹《びき》の羽の生えているらしいモンスターが飛んできていた。

悠弦はわずかに窓を開けて、モンスターに銃を向ける。

銃声が三発。直後、モンスターが地面に落下し、悲鳴が聞こえてきた。だが、窓の死角からまた新たなモンスターの影《かげ》が見えた。

「ダメだ、数が多すぎる。みんな窓の下へ！　飛び込んでくるぞ！」

悠弦が窓の下に身を隠《かく》し、そう叫《さけ》ぶ。疾斗達も悠弦に倣《なら》って窓の下に身を隠すと、窓を割り、大きなコウモリのようなモンスターが部屋に入って来た。

疾斗と護も、アミュレットから剣《けん》を出して握りしめた。

「や、ややややっぱこうなるんだ……!?」

蒼《あお》い顔をする功樹の手には、大きな斧《おの》が握られている。しかしこの狭《せま》い室内ではあまり使えそうにない。振り回すとこちらまで危なそうだ。

近くで銃声がし、室内に入って来たモンスター数匹が悠弦の銃弾《じゅうだん》に倒れる。

体勢を立て直したモンスターはこちらに向かってこようとしていた。疾斗も剣を握りしめ、モンスターに向かって振りかぶる。

「っこの……！」

室内だからかモンスターの動きは鈍《にぶ》く、空振りはしない。

背後にモンスターの気配。――だが、すぐにそれが消えて、背中に温かい体温が触《ふ》れる。

「疾斗、平気⁉」

肩越《かたご》しに背後を見ると、モンスターが光の粒《つぶ》になって消えていくところだった。

「……あ、ああ。お前は？」

背中合わせになった護を一瞥《いちべつ》し、疾斗は短く尋《たず》ねる。

「大丈夫《だいじょうぶ》。――先輩《せんぱい》！　功樹！」

護は疾斗ではなく、離《はな》れた場所でモンスターに対処している悠弦と功樹を見て叫んだ。

五匹のモンスターが功樹と悠弦に襲《おそ》いかかっていくところだった。

「うわあっ⁉」

功樹の武器は大きな斧だ。功樹が斧を振ると、一匹は斧に斬《き》られ、二匹目は当たって吹《ふ》き飛ばされ、光の粒になって功樹のアミュレットに吸収された。

しかしあと三匹いる。功樹がもう一度斧を振るのには間に合わない。その時。

パンッ！　パンッ！　パンッ！

三発の銃声。狙《ねら》いは正確で、モンスターは撃《う》たれた次の瞬間《しゅんかん》には光の粒になっていた。光の粒は功樹と同じように、悠弦の黒いアミュレットに吸収された。

それを見て、疾斗は何か引っかかりを感じる。

(あれ……？　何か……変だ)

「疾斗！」

護の声とともに、疾斗は近づいてきたモンスターを薙《な》ぎ払《はら》う。自分でも驚《おどろ》くほど正確にモンスターを倒《たお》せた。そういえば、この世界では『Lv99』のゲーム内スキルが対応していると、護が言っていた。だからこうして疾斗も難なく剣を扱《あつか》えるのだ。

疾斗のアミュレットにも、倒したモンスターが光の粒になって吸収される。

護を見ると、彼が最後のモンスターを倒したところだった。光の粒になって消えるモンスターを見てから、護はこちらを見た。護の白いアミュレットが揺《ゆ》れる。真新しい疾斗達のものとは違い、いくつも傷が付いている。

(護だけ、経験値がアミュレットに吸収されてない……？)

疾斗と功樹、悠弦はモンスターを倒せば光の粒――経験値がアミュレットに吸収されていた。つかさが魔王を倒した時も、大量の経験値がアミュレットに吸収された。

（そういえば、いつもあいつが倒したモンスターの経験値は消えてた気がする）

疾斗は護の戦いを思い出す。最初にモンスターに襲われた時も、閉じ込められた部屋でドラゴンを倒した時も、経験値は宙に浮《う》かんで消えていった。

考えこんでいても仕方がない。疾斗は少し聞きづらさを感じつつも、護に向き直る。

「護。さっきの、話の続きだけど……」

護は疾斗を見て、静かにうなずく。

「お前が魔王《まおう》を倒そうとしてたのは……お前だけは経験値が入らねえから、か？」

「へ？　経験値って、みんなに入るもんなんじゃないの？　ねえ、先輩？」

功樹がきょとんとした顔でそう言い、悠弦を見た。彼は功樹の言葉を受けて首を振《ふ》る。

「いや。俺も見てたよ。今の戦闘《せんとう》で確信した。護が倒したモンスターの経験値は護にはいかずに、消えていた」

悠弦は切れ長の目を護に向けて答えを待っている。

全員の視線が集中する中で、護はうなずいた。

「そうです。……この『伝説の剣』で倒したモンスターの経験値は、入らないんです」

「『伝説の剣』って……たしか『Lv99』のすげえレアな武器じゃなかったか？　もらえる

経験値が増えるっていう……」

「うん……本来はね。でも今、この剣の性能は変わってる。いや、性能が消えてるって言った方が正しいのかな。この剣で倒したモンスターは、経験値にならずに消えていくんだ。魔王を倒した時も同じ。……魔王を倒すと、膨大《ぼうだい》な経験値が手に入って、レベルが上限を超《こ》えて、レベル100になるんだ」

疾斗はつかさの様子がおかしくなった時、落ちたスマホに一瞬だけ表示された『L■100』という文字化けを思い出した。

(あれは、見間違《みまちが》いじゃなかったのか……)


悠弦が冷静な表情で、護を見つめ、口を開いた。

「レベル100になる——それが魔王になるってことなのか?」

護は無言で拳《こぶし》を握《にぎ》りしめ、冷静な表情でうなずいた。

「そうです」

「あのアナウンスが『それでは、次のゲームとなる世界を再構築します』って言ってたけど、魔王が変わったから、この世界も様子が違うのか?」

「ええ。この世界は、魔王になった人が好きだったものや、印象が強いものから構成されるみたいなんです。……さっきまでの世界の魔王は、同じ学校の、美術部の先輩でした」

納得《なっとく》するやら驚くやらで、疾斗は頭が追いつかない。功樹も同じようで、目をまん丸くして必死で護の言葉を飲みこもうとしているようだった。

対して悠弦だけは、冷静に事態を把握《はあく》していた。

「ああ、だから、最後の部屋が美術室だったのかな。黄金比を多用したり、美術品があったのも、美術部だから、か。でも、三年の美術部員でそんな奴《やつ》いたかな？」

「……彼は、事故で腕《うで》が動かなくなって、休学していた生徒です。休学していたから、僕もすぐに誰《だれ》かわからなかった」

「そんな事故や休学した生徒がいるなら、知っているはずだけどな」

悠弦の言う通りだ。事故や休学はそうそうない。生徒会長の悠弦が知らないはずはない。

「ええ。先輩なら、知っていたはずです。そんな人がいれば、悠弦先輩ならきっと気にかけていたでしょうから」

「でも、俺は知らない……か」

護の言葉に妙《みょう》に冷静にうなずき、悠弦は静かに目を伏《ふ》せる。

「……荒唐無稽《こうとうむけい》だけど、わかってきたよ」

「え？　え？　何がッスか!?」

功樹は不安と混乱の表情で全員を見て、最後に悠弦に視線を向ける。その視線を受け止めるように一度功樹を見てから、悠弦は護に向けて言った。

「——記憶《きおく》が、なくなるんだね」


ぞわりと背筋が冷たくなった。

そんなまさか。ありえない。

そう思うのに、なぜだか鳥肌《とりはだ》が止まらない。そして感じるのは、時々感じていた、あの欠落感とさみしさ。

(あの感覚は……誰か、俺の知ってる人が……消えたから？)

それが事実だと叫《さけ》ぶように、心臓がドクドクと脈打ってくる。

悠弦の言葉に、護が静かにうなずく。そのタイミングが、疾斗の疑問にも重なった。

「……魔王になってしまうと、その人の存在と、その人に関する記憶が、現実世界の人達から消えてしまうんです。友達も……血の繋《つな》がった親兄弟さえも覚えていない」

「じゃ、じゃあさ、俺達が知らないうちに消えちゃった人がいるってこと……?」

「そういうこと」

感情のない声で、護は功樹に答える。功樹は顔を引きつらせながらも笑って、わざと軽い口調で言葉を発する。冗談《じょうだん》だと言ってほしいと、その顔と震《ふる》える声が言っていた。

「う……嘘《うそ》だぁ。さすがに誰かいなくなったら、わかるっしょ? ありえないって。誰もそいつのこと覚えてないとか、そんなわけ——」

護が息を吸い込んだ。てっきり功樹に怒鳴《どな》るのかと思ったが、護の口から紡《つむ》がれたのは、静かで優《やさ》しい声だった。

「日廻恭子《きょうこ》」

「え? な、何、誰?」

功樹が戸惑《とまど》いの声を上げる。悠弦も怪訝《けげん》そうに首を傾《かし》げた。

しかし疾斗は違った。自分の中にこみ上げてくる感情がある。

日廻恭子。

つかさと同じ苗字《みょうじ》だから、引っかかるのだろうか。

(違う。そんな名前、知らねえはず、なのに……)

時々、わけもなくさみしくなるあの瞬間《しゅんかん》。何かを失ったような欠落感が思い起こされる。

護の目は悲しみを抑《おさ》えこんでいたが、表情は微笑《ほほえ》んでいた。

「……僕が、好きだった女の子の名前だよ。でも、もう誰も覚えていない。存在自体が消えてしまったから」

「消えたということは……その子は魔王になって、倒《たお》されたのか」

悠弦の言葉に、護は怯《おび》えたように一度小さく肩《かた》を震わせた。

護の顔から表情はなくなり、あの冷たい目が戻《もど》っていた。

「そうです。恭子は――」

「護」

疾斗は半ば無意識に、護の名前を呼んで、腕を摑《つか》んでいた。摑んでから、自分の行動の理由を理解する。護が感情を消すのは、そうしなければつらいから。つらすぎるからだ。

「やめろ。言いたくないことまで言わなくていい」

護が何を言おうとしているのかはわからない。だが、これ以上言わせてはいけない。そんな嫌《いや》な予感がした。

「ダメだよ。ちゃんと、言わなきゃ……僕がしたことを」

ゆっくりと首を振《ふ》り、護は淡々《たんたん》と言葉を紡ぐ。

「恭子は魔王《まおう》になって――」

「護っ!!」

疾斗が怒鳴るが、護は言葉を止めなかった。

護は手にした剣《けん》を見下ろして、口を開いた。


「――僕がこの剣で、倒したんだ」


護はずっと、自分で自分を責めている。そしてその罪を忘れないように、今この場で口にした。それがどれだけ自分を傷つけているか、彼はわかってない。

「このっ、バカ……!」

護の腕を離《はな》す疾斗の声も聞こえているはずなのに、護は淡々と続ける。

護が剣の柄《つか》を握《にぎ》りしめる音が、妙に大きく響《ひび》いた。

「僕は『伝説の剣』を手に入れて、僕より早く『Lv99』を始めてた恭子と同じタイミングでレベル99になった。その日の夜、今回と同じようにこの世界に来たのは僕ら二人だけだった。……魔王に二人で挑《いど》んで、倒した。……魔王へのトドメは、恭子が刺《さ》した」


『おめでとうございます。魔王は倒されました。ゲームクリアです』

プログラムのアナウンスがゲームの終了《しゅうりょう》を伝えてくる。

「倒した……。やった！　これで帰れる！　恭子、帰れるよ！」

護と恭子の前には、倒れた魔王の亡骸《なきがら》があった。だが、それはすぐに光の粒《つぶ》になり、恭子の青いアミュレットに吸収されていく。

アミュレットがすべての光を吸収すると、恭子が不意に虚空《こくう》を見つめ、声を上げた。

「う、そ……そんなの、嘘でしょう!?　嫌……嫌よ！　私は、誰《だれ》も傷つけたくない……」

「恭子……？　どうしたの？」

恭子は怯えたように震え、大きく首を振って強張《こわば》った顔で叫んだ。

「魔王になんてなりたくない！」

「恭子。何言ってるの……？　魔王はもう倒して、僕達は……」

護が恭子の肩に手を置くと、彼女は我《われ》に返って護を見つめ、そして絶望の表情で叫んだ。

「護……ダメ、逃《に》げて！　護を傷つけるぐらいなら、私――」

恭子の声はそこで途切《とぎ》れて消えた。

「恭、子……？」

そう呼んだ少女は、そこから跡形《あとかた》もなく消えていた。視界が真っ白になり、何もない空間に護が一人で佇《たたず》んでいるだけになった。

『それでは、次のゲームとなる世界を再構築します』

プログラムが何かしゃべっているが、理解できない。

「恭子……？　恭子はどこにいるんだよ！」

『このまま新しいゲームを続けるなら、ＹＥＳとお答えください。残り時間は六十秒です』

終われない。だって、恭子がいない。恭子といっしょに帰れないなら、意味がない。

「YESだ！　だから、恭子を――」

『音声認証《にんしょう》。勇者、マモル。ゲーム続行』

『ゲームの再構築が完了《かんりょう》しました。新しいゲームをスタートします』

淡々と進めるプログラムの声がして、辺りは廃墟《はいきょ》の遊園地のような風景に変わる。

そして青い鱗《うろこ》に覆《おお》われた異形の者が、護の前に降り立った。

「何、だよ、これ……!?　恭子はどこだ！　お前は――」

ふわりと広がる青い髪《かみ》。無数の鱗に覆われた肌《はだ》。胸元《むなもと》には、恭子がつけていたアミュレットと同じ、サファイアのような青い石が埋《う》め込まれていた。

「まさか……！　嘘だ、そんな……！」

閉じていた魔王の瞼《まぶた》が開く。青く、濁《にご》った瞳《ひとみ》が冷たく護を映す。

その顔は、たしかに恭子のものだった。

どうすればいいかなんてわからなかった。ただ、護にできることは、こちらを攻撃《こうげき》してくるその『魔王』から、攻撃を防ぐことだけだった。

「恭子！　僕がわからないの!?」

護の言葉など聞こえていないのか、魔王は表情を変えず、鋭《するど》い爪《つめ》を護に向けてきた。

「っ……！」

護が剣で爪を受け止めると、ガキンと硬《かた》い音が大きく響く。弾《はじ》き返すと、魔王にわずかに隙《すき》が生じた。

護は咄嗟《とっさ》に手にしていた剣を、魔王に突《つ》きつけた。剣の切っ先は魔王の核《かく》に当たり、半分ほどが割れて、その動きを止めた。身体《からだ》が倒れ、ホッとしたのもつかの間、護はあることに気付いて血の気が引いた。

(核は、モンスターの弱点……この魔王が恭子なら……！)

「恭子っ！」

駆《か》け寄って身体を抱《かか》え起こすと、その両目が開いた。青く濁っていた瞳の色が、片目だけ元に戻っていた。彼女はゆっくりと口を開く。

「まも、る……。たおシテ……ワタしヲ、タオシて」

その異形が護を呼ぶ。愛《いと》しい少女の声で、護にそんな言葉を伝えてくる。

「な、何、言ってるんだよ……？　そんなこと、できるわけ……」

「たオシテ。ソレデ、すベテ、オワルカラ。ワタシヲ、け、シて、まもる」

「嫌だよ……できない！　だって僕は、君のことを――」

「コウすルシカ、ナイ。デきナイノ、まもるニシカ……！　ワタ、シ、わたし、私は……！」

愛しい少女の声で、しかし姿を変えてしまった彼女は訴《うった》える。心からの願いを。

「護を傷つける私を、許せない！　こんなの私じゃない！　こんなの嫌！　お願いだから、私を倒《たお》して！　私を助けて、護っ!!」

そう叫《さけ》んだのを最後に、彼女の瞳が再び青くなり、冷たく濁る。鋭く尖《とが》った爪が、護の喉元《のどもと》を目がけて向かってくる。

――お願いだから、私を倒して！　私を助けて、護っ!!

それが、異形となってしまった彼女の願い。

護は剣を握りしめ、向かってくる異形の核に狙《ねら》いを定め――叫んだ。

「あああああああああああっ！」

パキンッ――

『おめでとうございます。魔王《まおう》は倒されました。ゲームクリアです』

核の割れた彼女を抱《だ》きしめながら、護はその無機質な声を聞いていた。

(これで、僕も魔王になる。僕も倒されたら、恭子と、同じところに行けるかな……)

しかしそこで護は気付く。身体に変化が現れない。恭子が魔王になった時は、経験値がアミュレットに吸い込まれていったのに、それもない。

「何で……何で僕は、魔王にならないんだ……!?」

自分の手を見下ろす護の頬《ほお》を、鱗に覆われた冷たい手が、そっと撫《な》でた。

「よか、った……。護は、こんな姿にならなくていいのね……よかった」

心から安堵《あんど》した様子で、恭子は微笑《ほほえ》み、ぽつぽつと悲しそうに呟《つぶや》く。

「何で、こうなっちゃったのかな。私、勇者になって、誰《だれ》かを守りたかっただけなのに
……もうそれも、できなくなっちゃった」

「恭子……っ」

「……ねえ、護。お願いが、あるの」

護は答えの代わりに、自分の頬に触《ふ》れた恭子の手を握《にぎ》りしめた。

「私の代わりに、つかさと疾斗を、守ってくれる……？」

「あ……」

その時、ようやく護も気付く。

つかさと疾斗も、『Lv99』を始めてしまった。レベル99になれば、この世界に来てしまうかもしれない。そして二人までもが、こんな運命を辿《たど》ってしまうかもしれない。

こんな異常なゲームに、疾斗とつかさが巻き込まれる。恭子はそれを危惧《きぐ》している。

――自分がこんな状況《じょうきょう》なのに。

「……そうだね。つかさと、疾斗は……こんなことに巻き込んじゃいけない」

「ごめん。ごめんね護……っ。許してなんて言わない。だけど……っ」

恭子の目には悲しみと、そしてそれ以上に自責の念があった。彼女は魔王になり、護を傷つけ……そして護に「倒して」と頼《たの》んでしまったことを、悔《く》やんでいた。

「恭子」

護は恭子の手を優《やさ》しく握って、笑って見せた。

「元の恭子に戻《もど》ってくれて、よかった」

明るくて、元気で……誰《だれ》より優しい女の子。せめて、彼女の望みを叶《かな》えたい。

みんなを守る勇者にならなくては。――恭子の代わりに。恭子のように。

護の笑《え》みを見て、恭子の瞳から涙《なみだ》が零《こぼ》れる。

「守って、くれる……？　疾斗と、私の妹……守ってくれる……？」

「うん。約束する。つかさと疾斗は僕が守る。だから……心配、しないで……っ」

それは精一杯《せいいっぱい》の強がり。けれど、今の護が恭子にしてあげられることは、これしかない。

「……ありがとう。護は、私の勇者だね」

冷たい体温が、護を抱きしめる。

「ずっとずっと、大好きよ」

恭子の身体が光の粒《つぶ》を纏《まと》い、そして――消えた。


護は話し終えると一度大きく、長く息を吐《は》いた。

「……おい、護？」

疾斗が呼びかけると、どこかぼんやりしていた護が、ハッと我《われ》に返る。護は小さくうなずいたが、どう見ても、彼は憔悴《しょうすい》していた。

「てか、妹……？　その子とつーちゃん、姉妹《しまい》なの？　記憶《きおく》が消されたって言ってたけど、それってつーちゃんも？　だってさ、姉妹なら覚えてたかも――」

「……おい、功樹」

功樹の肩《かた》を摑《つか》んで、疾斗は彼の言葉を止めた。功樹の疑問は疾斗も持っていたものだ。だが、護は深くうつむいたまま、胸元《むなもと》をぎゅっと握りしめていた。そこにある心臓の痛みを堪《こら》えるように。きつく握りしめた手が、震《ふる》えていた。

「ご、ごめん……」

功樹も護の様子に気付き、さっと顔色を変える。

「ううん、いいんだ。気になるよね。……二人は、ただの姉妹じゃない。恭子とつかさは、一卵性《いちらんせい》の双子《ふたご》だった。そんなつかさからも、恭子の記憶は消えたんだ……っ」

一卵性ということは、きっと顔もそっくりだったはずだ。

護はつかさを見ると、冷たく突《つ》き放し、視線を逸《そ》らしていた。

――君の顔、見たくないんだ。

（だから護は……つかさを見ようとしなかったのか）

　つかさの顔を見ると、失った恭子を思い出してしまうから。

「え、えっと……忘れたって言ったってさ、その子のこと、護は覚えてんじゃん？」

　功樹は半笑いで尋《たず》ねる。ふざけているわけではなく、まだ護の話を冗談《じょうだん》だと思いたいのだろう。希望に縋《すが》りたいその気持ちが、疾斗にもわからないではなかった。

「このゲームには、クリア報酬《ほうしゅう》がある。現実世界へ帰る時に、望みを聞かれるんだ。当然、僕は『恭子を返せ』って言ったよ。でも魔王になって倒された恭子は、すでに現実からは消えて復元は不可能だって言われた。現実に帰れば、僕も覚えていないって」

　そのまま現実世界に帰ってしまえば、護は恭子の記憶を消されてしまう。

「もしかして……お前……」

　疾斗の声に、護はうなずいた。顔を上げると、護は泣きそうな顔で笑っていた。

「だから僕は、『恭子のことを覚えていたい』って望んだんだ。そのおかげで、僕だけが恭子のことを覚えてる」

「そんなの……お前がつらいだけじゃ……」

いっそ忘れてしまったほうが楽に思えるのに、護はたった一人、彼女の存在を証明するように、彼女を覚えていることを選んだ。

疾斗は護が好きな人がいると告白してきた夢——いや、その時のことを思い出した。疾斗が誰なのかと聞いた時、護は名前を口にするのも恥《は》ずかしそうな、でも嬉《うれ》しそうな……幼なじみの疾斗でさえ見たことのない、幸せそうな顔をしてその名前を言ったのだ。

「日廻恭子だよ」——と。

そこまで想《おも》っていた子を、失った。どれだけつらくても、忘れたいはずがない。

疾斗は何も言えずに、ただ、うつむいている護の髪《かみ》を見つめることしかできなかった。

「……護。つらいだろうが、もう少しだけ、質問と確認《かくにん》をさせてくれないか」

静まり返った空気の中で、悠弦は冷静で事務的な声を発した。下手《へた》に今、護に同情したり慰《なぐさ》めたりすれば、余計に傷つくと、彼はわかっているようだった。

護はうなずいてから顔を上げた。その表情も、少し落ち着いていた。

「なぜ、護のその剣《けん》で倒《たお》した魔王やモンスターの経験値は入らないんだ？」

「はっきりとはわかりませんが、この剣は経験値を得ることに特化した武器です。僕のレベルが上限に達したから、経験値を得るという力がなくなったバグのようなものじゃないかと。現に、この剣で倒したモンスターの経験値は入っていません」

悠弦も護のアミュレットに経験値が入っていないのをこの目で確認している。悠弦はうなずき、そして別の質問を向けた。

「もう一つ。その『伝説の剣』は他《ほか》にないのか？」

「ないと思います。少なくとも、僕は見つけていません」

「まあ、レアな武器だから、当然か。それに君の剣は魔王《まおう》にとって……いや、このゲームの存続さえ揺《ゆ》るがすものだ。……そんなものが他にあるはずもない、か」

淡々《たんたん》と呟《つぶや》く悠弦の言葉は、独白のように聞こえた。

悠弦の独白を聞いてか、護の口角が少しだけ上がる。

「いつ疾斗とつかさがレベル99になるかわからない。だから僕は何度もこの世界に来て、恭子との思い出の象徴《しょうちょう》でもあるこの剣で、魔王を倒してこの世界をいくつも終わらせてきた。……でも、僕が邪魔《じゃま》なら、さっさと僕だけを消してしまえばいいのに」

うつろな護の言葉に、疾斗は絶句する。まるであのプログラムの声みたいだ。

一体何度、護はこんな異常なゲームを経験したのか。

護の瞳《ひとみ》は、ぼんやりと虚空《こくう》を見つめている。その顔に、疾斗はどこか不安を感じた。

「——痛っ……ちょっと疾斗、何?」

気付けば、疾斗は護の腕《うで》をきつく握《にぎ》りしめていた。

護の顔が困惑《こんわく》する。——表情が戻ったことに少しホッとしつつも、疾斗は護の胸ぐらを掴み上げ、感情のままに怒鳴《どな》っていた。

「もうそんな、無理矢理《むりやり》平気な顔なんかすんじゃねえよ! お前はもっと、ちゃんと感情を出す奴《やつ》だっただろ!」

「……やめてよ……っ」

喉《のど》の奥から、苦しそうな声が吐き出される。同時に、彼の顔が大きく歪《ゆが》んだ。

「何で、そんなこと言うんだよ……! 感情なんて出したら——」

護は何かを否定するように首を振《ふ》り、顔を覆《おお》った。指の隙間《すきま》から、言葉が零れ落ちる。

「……僕は、もっと弱くなってしまう……っ」

「疾斗、護」

悠弦の静かな呼びかけに、激昂《げっこう》していた疾斗は我に返る。疾斗は悠弦を振り向いたが、護はうなだれて動かない。

「俺達は少し、この周辺を見てくるよ。そう遠くには行かないから、心配しないで」

悠弦はうなだれている護ではなく、疾斗を見てそう言った。疾斗と護の空気を感じ取り、気《き》を利かせてくれたのだろう。

悠弦は功樹の肩をぽんと叩《たた》いて部屋を出ることを促《うなが》す。

「功樹、いっしょに来てくれ」

「えっ、あっ……はい！　もちろんッス！　じゃ、じゃあ行ってくんねーっ！」

悠弦は冷静に、功樹は疾斗と護を取り巻く空気から逃《に》げるように足早に部屋を出て行った。今二手に分かれることは得策でない気がするが、護をこのままにはしておけない。

疾斗は二人が出て行ったのを見てから、護に向き直る。

「……護」

呼びかけるが、護は顔を覆ったまま硬《かた》い声を発する。

「僕は強くなきゃ、いけないいんだ……」

強くいなければならない——護のその言葉は、もはや強迫観念《きょうはく》に近いような気がした。

「お前は充分《じゅうぶん》強いよ。間違《まちが》いなく」

「もう頼《たの》むから、黙《だま》ってよ……っ！」

耳を塞《ふさ》ぎ、護は絞《しぼ》り出すようにそう吐《は》き出す。そんな言葉を無視して、疾斗は言った。

「強いよ。好きな子を失って、一人で戦って、俺達を守って……でももうお前、ボロボロじゃんか。いい加減、気付けよ。……やめてくれよ……っ」

耳を塞ぐ護の両手首を掴《つか》んで耳から離《はな》し、疾斗は震《ふる》えだす声を張り上げた。

「自分はどうなってもいいと思ってんのかよ？　いいわけねえだろ、ふざけんな！　何でこんな大事なこと、隠《かく》してたんだよ……！　何で何も言わなかったんだよ！」

「言えるはず、ない……。疾斗とつかさには、何も知らないまま、普通《ふつう》に幸せになってほしかったんだ！」

「お前はどうなるんだよ！　お前は不幸になってもいいって言うのかよ⁉」

疾斗の怒声を受けながらも、護はうなずいた。

「そうだよ。僕は不幸でいい。一人でいい。その方が、強くいられた。つかさを見ると、恭子を思い出してつらかった。疾斗を見ると……疾斗に甘えてしまいそうで、怖《こわ》かった」

「甘えりゃいいだろ！　何でそうなるんだよ！」

不甲斐《ふがい》なくて、悔《くや》しくて、涙《なみだ》が浮《う》かぶ。

（何が親友だよ。護の苦しみに、気付けなかったくせに）

それでも今、護が何に苦しんでいるのかわかった。自分を苦しめていることもわかった。

だから疾斗は、そんな護を救わなくてはいけない。どんなことをしても。

護の瞳も涙で揺れた。疾斗が否定する度《たび》に、彼の頑《かたく》なな何かが崩《くず》れていくのを感じた。

「疾斗に言ったって、信じてくれるはずなかった……っ！」

「本当に、俺が信じないと思ったのかよ⁉」

口を噤《つぐ》もうとした護に怒鳴りつけると、護は震えた唇《くちびる》を開いた。

「……っああ、そうだよ！　疾斗はきっと僕が信じてって言ったら信じるって、わかってた！　助けてって言えば、何が何でも僕を助けようとするってわかってた！　だから言えなかったんだよ！　疾斗が巻き込まれるのは絶対嫌《いや》だったんだっ‼」

護は深く深く押し込めた感情を叫《さけ》んでいた。これが護の本音。心の底から、疾斗を守ろうとしてくれていた。

疾斗は護を摑む腕から、少しだけ力を緩《ゆる》めた。完全に手を離すことはできなかった。手を離せば、護が崩れ落ちてしまう——そんな気がして。

肩《かた》で涙を拭《ぬぐ》い、疾斗は落ち着きを取り戻《もど》して、呼吸を荒《あら》くする護を見つめた。

「……この世界に来た時には、俺はもう巻き込まれてた。それでも何も言わずに一人で戦おうとしたのは、何でだよ？」

「……僕が一人でクリアしていれば、このゲームの記憶《きおく》は現実の世界に戻った瞬間《しゅんかん》に消えてたから……。僕が魔王を倒せていれば、僕以外みんな何も覚えてなくて、普通の日常に戻れたはずなのに！　なのに……っ」

護は何度もゲームをやめるように忠告してくれていた。でも何も知らない疾斗やつかさが、素直《すなお》にやめるとは思えない。だから自分一人で抱《かか》えて、誰《だれ》にも頼《たよ》らず、すべてなかったことにすると決めたのだろう。だけど……。

(俺達の記憶は、現実に戻れば消える……？　消えるのは魔王になった人の記憶だけのはずじゃ……)

そんな疑問が浮かんだが、今の護は顔を覆い、今にも崩れ落ちそうで、疾斗は支えることしかできなかった。そんな状態で、護は言葉を続けた。

「結局、僕はつかさを守れなかった。もう、どうしたら……っ！」

「護」

疾斗は護の腕から手を離す代わりに肩を摑み、崩れ落ちそうな護の額を肩で受け止めた。

「もう一人で全部背負いこむな。お前、俺に助けてって言っただろ。俺はお前を助けるって言っただろ」


――……助けてくれ、疾斗……っ。


つかさが魔王《まおう》になってしまって、どうしようもなくなったと知った瞬間、護は疾斗に助けを求めた。疾斗はその言葉に応《こた》えなくてはいけない。

たった一人の幼なじみで、親友だから。助けないなんて選択肢《せんたくし》はない。

「もう苦しむなよ。お前は俺の大事な親友なんだよ。自分のこと、これ以上痛めつけんなよ。つらいなら、そう言えよ……っ！　そんなお前見てると、俺がつらいんだよ！」

言いながら、また目の奥が痛くなってくる。

護はいつでも穏《おだ》やかで、優《やさ》しくて、誰も傷つけたことなんてない。そんな護が、護を傷つけている。それがつらくてたまらなかった。

護の肩が揺《ゆ》れ、耳元でしゃくりあげる声が聞こえた。

「……ずっと、さみし、くて……つら、か……っ」

嗚咽《おえつ》ではっきりとは聞こえない、途切《とぎ》れ途切れの言葉。

「うん……全部、言えよ。俺、ちゃんと聞くから」

護がずっと心の奥底に抑《おさ》えつけ、凍《こお》らせてしまったものを吐き出すのを、疾斗は静かに待った。

「苦しかった。怖かった。悲しかった……っ！　誰にも恭子がいなくなったって言えなくて、誰も覚えてなくて……。いっそ死にたかったけど……恭子のことを覚えている僕が死んだら、本当に恭子は消えてしまうから……僕は、少しでも生きなきゃいけなかった」

どんな覚悟《かくご》で、どんな気持ちで、毎日を普通に過ごしていたのだろう。

何も言えない。こんなつらい日々を過ごしていた護に、何かを感じていたのに、気付かないふりをして距離《きょり》を置いていた。そんな疾斗に、何が言えるのか。

ただただ、自分の不甲斐なさと、護の悲しいまでの強さ、そして恭子への想《おも》いに、涙が

出るだけだった。

「……何でこんなゲームに参加したんだって、疾斗、僕に訊《き》いたよね？」

涙声だったが、少し落ち着いた様子で、護はそう言った。

このゲームの世界に来て間もない時、何も言わない――今思えば、何も言えなかった護に、疾斗はそんな疑問をぶつけた。

「恭子との約束もあったし、使命感もあった。魔王にならない僕が、巻き込まれた人を一人でも救わなきゃって……。でも、それだけじゃなかった。僕は僕のためにここへ来てたんだ。ここへ来て、確認《かくにん》してた」

「確認……？」

疾斗の肩に額を置いたまま、護はうなずいてから、静かに言った。

「……このゲームの世界がある限り、恭子はやっぱりいたんだって、確かめられた」

「っ……！」

「現実では誰も恭子を覚えてないし、恭子がいた痕跡《こんせき》も全部消えてる。本当は恭子なんて子はいなくて、僕の妄想《もうそう》なんじゃないかって、僕自身も疑う瞬間があったんだ」

不意に護が疾斗の腕《うで》に触《ふ》れてきた。そして、縋《すが》るように力を込めてくる。

「この世界にもう一度来たら、恭子はちゃんといたんだって思えた」

「でも、そんなの――」

恭子がいないってことを確認して、また絶望するだけなのに。

その言葉を、疾斗は飲み込む。護も何も言わない。

恭子は確かにいたのだと、この『Lv99』の世界に来たことで確証を得る。

しかし次の瞬間に待っているのは、ここで恭子を失ったという絶望。

不毛だとわかっていても、絶望するとわかっていても……恭子を思い出すために護はこの世界に来て、このゲームの被害者《ひがいしゃ》を少なくしていた。

「ここにしか、恭子がいたって痕跡がないんだ。恭子を忘れたくなかった。誰も、恭子を覚えてなかったから。そんなの、さみしすぎるから……っ」

消えてしまいそうな声に被《かぶ》せるように、疾斗は口を開く。

「護。大丈夫《だいじょうぶ》だ」

疾斗は護の肩を持って、護の顔を見た。赤くなった目で、護は疾斗を見つめてくる。

「つかさは、恭子を忘れてない」

これは慰《なぐさ》めじゃない、本当だと、疾斗は護の目をしっかり見つめて伝える。

「友達といても、時々すごくさみしいって言ってた。俺も……ぼっちだけど、お前から恭子って名前聞くと、その時の気分になる。欠落感っていうか、うまく言えねえけど……」

疾斗の言葉を聞いていた護の顔がくしゃりと歪《ゆが》み、その目からまた涙《なみだ》が溢《あふ》れる。

「っ……！　そう、だったんだ……っ」

護は目元を覆《おお》って崩《くず》れ落ちそうになり、疾斗は咄嗟《とっさ》に護の腕を支えた。その手を、護が握《にぎ》ってくる。

嗚咽を落ち着かせて涙を拭《ぬぐ》うと、護は疾斗に笑いかけた。

「……つかさは当然だけどさ、疾斗も、恭子と仲良かったからね」

「俺が……？　女子と？」

「うん、すごく気が合ってた。本当に仲良くて、僕、複雑だったよ。だから疾斗には一度、訊いたんだよ、恭子のこと好きなのかって。そしたら――」

「ねえよ」

『恭子』のことは何も覚えていない。なのに、即答《そくとう》してしまう。護と仲が良いと言われるように、恭子と仲が良かったのだと言われることに、何の違和感《いわかん》もなかった。

護は疾斗の返答に驚《おどろ》いた顔をしてから、端整《たんせい》な顔をまた歪める。泣きそうな、でも笑いたい、そんな顔。

「うん、その時も、今みたいに食い気味に否定したよ」

「……それに、俺は――」

そこまで言って、疾斗は口を閉《と》ざす。言ってしまっていいのかと迷うが、どうせ護にはバレている気がする。次の瞬間《しゅんかん》、それは当たりだったと知った。

「わかってる。っていうか、知ってたから」

護は涙を拭ってから、くすっと笑った。優しい表情に、少しだけ悪戯《いたずら》っぽい笑《え》みが浮《う》かんだ。徐々《じょじょ》に顔が熱くなる。

「僕達から見れば丸わかりだったよ。でも、気付いたんだね」

涙を袖《そで》で拭い、護は穏やかに笑いながらも、強い目で疾斗を見つめた。

「だから疾斗には、僕みたいな思いはしてほしくないんだ。絶対」

その目に応えるように、疾斗もうなずく。

「……しねえよ。つかさを元に戻《もど》して、現実の世界に帰る。そのための方法は、まだわかんねえけど……」

護を見ると、彼は疾斗の視線を受けて、そっとアミュレットに手を翳《かざ》す。そしてそこから『伝説の剣《けん》』を出した。

一つ確かなこと。それは——

「その剣は……使えない。使わない。つかさを消すわけにはいかねえんだ」

疾斗は護ではなく、自分を叱咤《しった》した。

きっと何か方法がある。第一、つかさを倒《たお》すなんてできるはずがなかった。

疾斗の言葉に護も穏《おだ》やかな顔で微笑《ほほえ》み、うなずいた。

「うん……そうだね。別の方法を、探さなきゃ」

優《やさ》しく笑う護。一年前までは何でもなかった護のその顔が、ひどく懐《なつ》かしく思えてしまった。

「……こんな風に疾斗に恭子のことを話せる日が来るなんて、思わなかった」

「思えよ、バカ。遅《おそ》いんだよ」

「うん、僕はバカだった。ありがとう、疾斗」

護がそう言ってから、ふと、ずっと手を握っていたことに気付いた。疾斗は照れ隠《かく》しに、ふて腐《くさ》れたように護の手を離《はな》す。

その様子に護が笑ったような気がしたが、見なかったことにして別の話題を出した。

「先輩《せんぱい》と功樹、どこまで行ったんだろうな。遅くねえ？」

「たぶん、悠弦先輩が気を利《き》かせてくれたんだろうね」

「……そう、だな」

じわりと不安が胸に広がる。護は疾斗の反応に、少し首を傾《かし》げた。

ふと気付く。今なら護と二人だ。功樹もいない。今なら、悠弦に聞かれたくないことも話せる。――この、悠弦への違和感を。

ためらったが、護も落ち着いたようだ。疾斗は意を決して口を開く。

「なぁ……悠弦先輩って、どういう人？」

「え？　どうしたの、急に」

「いや、俺、あんまり知らねえから。もちろん顔と名前ぐらいは知ってるけど」

疾斗が当たり障《さわ》りなく答えると、護は微笑んだ。

「有名人だもんね。頼《たよ》りになる人だよ。それに……人が弱ってる時に、手を差し伸《の》べてくれる人だよ」

護の声は優しく、そしてどこか安心していた。その様子に、疾斗はふと気付く。

「……お前も、手を差し伸べられた、とか？」

「うん。このゲームのこと、僕は誰《だれ》にも何も言えずに悩《なや》んでて……。悠弦先輩は、そんな僕に気付いて、何も聞かずに生徒会に入らないかって誘《さそ》ってくれたんだ」

「…………」

黙《だま》りこんだ疾斗に気付き、護が首を傾げて疾斗を見つめてくる。

「疾斗？」

「……俺だって、お前に何かあるって気付いてた。でも……何もしなかった」

護は親友のはずなのに。悠弦よりも早くに気付いていたはずなのに。

「もうそんなの、いいんだよ。……って言っても、疾斗は気にするんだろうけど。あの時は僕も、疾斗にだけは気付いてほしくなくて、避《さ》けてたんだよ。……ごめんね」

「何でお前が謝んだよ」

謝るのはこっちのはずなのに。護は疾斗の気持ちを見透《みす》かすように微笑んで、話を戻してしまう。これでは完全に謝るタイミングをなくしてしまった。護の思い通りだ。

「悠弦先輩は、人の痛みに気付いてくれる、本当に優しい人だよ」

「でも……」

疾斗が言い淀《よど》むと、護は不思議そうな目を向けてきた。

「疾斗？　ねえ、どうしたの？」

悠弦のことを信じ切っている護に、こんなことを言っていいのか、迷う。だが、もしもこれが、疾斗の思い違《ちが》いでなかったら。

「俺もあの人に助けられたし、お前が言ってることも本当だってわかってる。だからこんなこと言いたくねえけど……でも、あの人の言動が、俺、どうしても気になって……」

「気になるって、何が？」

歯切れが悪い疾斗に、護は眉《まゆ》を寄せる。

「……あの人、俺に言ったんだよ。『楽しんでる』って。あれはこんな状況《じょうきょう》で、自分を奮い立たせるために言ったんだと思ってた、けど……」

悠弦の冷酷《れいこく》な笑み。どうしても、あの笑みが脳裏《のうり》にこびりついて離れない。

「魔王《まおう》を倒そうとした時も、笑ってたんだよ。楽しそうに。冗談《じょうだん》、だったのかもしれないけど……」

「そんな、こと……気のせいじゃ……」

護の瞳《ひとみ》が揺《ゆ》れる。

その時、何かを引きずるような音と、足音が聞こえてきて、二人は口を噤《つぐ》み、警戒《けいかい》してドアに視線を向けた。


功樹は長い廊下《ろうか》を歩きながら、前を行く悠弦に恐《おそ》る恐る話しかける。どこへ行くつもりなのか、悠弦は階段を上り始めた。

「悠弦先輩。その、大丈夫《だいじょうぶ》なんスかね？　二手に分かれちゃって……」

「心配しなくても、そう遠くに行くつもりはないよ」

功樹を振《ふ》り返ってきた悠弦の表情には、不安は一切《いっさい》見られない。いつもの冷静で、穏やかな表情だ。そんな彼の落ち着きように、功樹の不安はずいぶん軽くなる。

「あの二人は幼なじみだからね。俺達がいると話せないこともあるだろう」

そう言ってから、不意に悠弦は足を止めた。

「それに俺も、功樹に訊《き》きたいことがあってね」

「俺に？　何スか？」

軽く受け答えして、功樹は悠弦の目を見た。そして彼が真剣《しんけん》な目をしていることに気付き、慌《あわ》てて背筋を伸ばした。表情は優しいが、笑《え》みは消えている。

「功樹。君はこの世界から、帰りたいか？」

「そ、そりゃ……まぁ、もちろん」

「……残ってしまったこと、後悔《こうかい》してないか？」

真剣な眼差《まなざ》しと言葉を受けて、功樹の心臓がドキッと跳《は》ねた。

功樹は動揺《どうよう》を隠すために笑顔を作る。

「してないッスよ！　ほら、何たって俺達、勇者ですし？」

肩《かた》を叩《たた》かれて、功樹はビクッと身体を震わせる。

眼鏡《めがね》の奥、悠弦の瞳には覚えがある。黒い瞳は、すべてを見透かしていた。

「功樹。ここには今、俺しかいないよ。俺に虚勢《きょせい》を張る必要なんかないだろ？」

優しい言葉。――いつか、どん底にいた功樹を救ってくれた時と同じ声だった。

うまく作れたはずの笑顔が消えていくのがわかる。自信のない、震《ふる》えた声とダサイ本音が出てしまう。これじゃ、誰にも好かれないのに。この人に呆《あき》れられてしまうのに。

「功樹」

その優《やさ》しい声で、悠弦はいとも簡単に功樹の本音を聞き出してしまう。

「……ホントは、マジ怖《こわ》いし、早く帰りたい……ッス」

本当は、こんな世界に残りたくなかった。この世界にいること自体が怖くて、ずっと神経が張り詰《つ》めている。でも――

(でも……俺は――)

「それでも残ったのは、どうしてだ？　もちろん俺が引き止めるようなことを言ったのもあるだろうが……」

少し目を伏《ふ》せた悠弦を見て、功樹は慌てて声を上げる。

「せ、先輩が気にすることないッスよ！　怖いし帰りたいけど……俺、こっちが正解だと思ってますから。先輩がああ言ってくれなかったら、俺、友達見捨てるところだったたって、いうか……！」

言い淀み、ふと悠弦を見る。彼は優しい目でうなずいた。その目に、功樹は自分の胸の内を吐露《とろ》した。

「俺、疾斗を――その、あのこと、後悔、してて……それで……！」

最初にモンスターに襲《おそ》われた時、疾斗を突《つ》き飛ばしてしまった。そしたら疾斗が血塗《ちまみ》れになっていた。『死にたくない』――ただその感情だけが功樹の頭を占拠《せんきょ》していたのだ。ゲームを続けるか否《いな》かを問われた時、血塗れになった疾斗の姿が浮《う》かんだ。このままでいいのかと、自分の声が頭の中に響《ひび》いて、気付いたら『YES』と答えてしまっていた。

功樹はただただ、あのことを後悔して、この場に残った。

わざとじゃない。でもあの瞬間《しゅんかん》、疾斗と仲良くしたいなんて、嘘《うそ》だったと気付いた。本当は疾斗のことなんて嫌《きら》いだった。

教室で一人でいても平気な顔をしている疾斗を見ていると、嫌《いや》な思い出が蘇《よみがえ》ってくる。ムカついて、腹が立って……でも、さみしくて仕方なかった、功樹自身の黒歴史。

だからと言って、自分の代わりに死んでいいなんて思ってなかった。

じわりと涙《なみだ》が浮かんでくる。自分が泣いていいはずがないのに。

黙ってしまった功樹の様子を見て、悠弦が首を傾《かし》げた。

「あのことって、何だ？」

「そ、の……っ」

悠弦に聞き返されて、全身から血の気が引いていく。てっきりわかってくれると思った。後ろめたさで悠弦の顔が見られなくて、功樹は自分の爪先《つまさき》を必死で睨《にら》んでいた。

「ああ、そうか」

悠弦の声が、耳元で聞こえた。

「疾斗を身代わりにして殺したことか」

さらりと聞こえてきたその言葉は、功樹が必死で目を逸《そ》らし続けていた事実。

「え……？　ころ、した……？　俺が……？」

功樹の身体《からだ》から力が抜《ぬ》けた。倒《たお》れ込むように蹲《うずくま》り、頭を抱《かか》えて首を振る。

（違う。違う違う違う違う違う！）

「ちがっ、違います……俺、本当に、何したかわかんなくて！　ち、血塗れになった疾斗を見て、やっと、俺が突き飛ばしたってわかって！　わざとじゃなくて！　俺、パニクってて、だから、だから——」

功樹の次の言葉は、悠弦の口から発せられた。

「だから仕方ない。自分は悪くない……か？」

抱えていた頭を離《はな》し、悠弦を見上げる。うなずいてくれると思った。仕方ないと、肯定《こうてい》してくれると思った。優しいこの人なら。

しかし悠弦は冷静に——冷たくその言葉を言い放つ。その顔は、逆光でよく見えない。いつだって正しい悠弦の声が、功樹に揺《ゆ》るぎない事実を突きつけてくる。

「功樹。君がしたことは人殺しだよ」

人殺し。

誰《だれ》よりも信頼《しんらい》できる悠弦の言葉が脳に浸透《しんとう》していく。

「う、あああ……っ！　そんな、俺っ、どうしよ、俺、どう、どうしたら……！」

混乱の中、肩にそっと温かいものが触《ふ》れた。その温かさと優しさに、功樹は思わず顔を上げる。そこに、この苦しさから解放される希望があるような気がして。

見上げた先には、優しく微笑《ほほえ》む悠弦の顔があった。

「功樹。たしかに犯《おか》してしまった罪は消えない。だが、罪はつぐなえるんだよ」

「そう。罪はつぐなわないといけない。人殺しのレッテルを貼《は》られたままじゃ嫌だろう?」

「つぐ、な、う……?」

「やだ……嫌だ、嫌だ嫌だ……そんなの嫌だぁ!」

「ああ。俺も君が人殺しのままなんて嫌だよ。君を軽蔑《けいべつ》したくはない」

悠弦から繰《く》り返される『人殺し』という言葉に、押し潰《つぶ》されそうになる。

(このままじゃ……この人にまで嫌われる。嫌われる。嫌われる……またみんなに嫌われる! 俺を救ってくれたこの人にまで、見放されてしまう! そんなのは嫌だ!)

パニックになった頭を解きほぐすように、悠弦の優しい声が耳元で囁《ささや》く。

「どうすればいいか、わかるね、功樹?」

「お、俺……つぐなわなきゃ……っ! 今度は、今度こそ疾斗を助けなきゃ……!」

目の前で、悠弦の綺麗《きれい》な顔が微笑んだ。

「ああ、その通りだよ功樹。どんなことをしても、助ける。その決意が、君にあるか?」

悠弦の言葉に、功樹は勢いよくうなずく。

功樹の決意を受け止めるように悠弦もまたうなずき、そっと手を差し出してきた。

「なら、俺もそのつぐないを手伝うよ」

あの時みたいに、絶望した功樹に手を差し伸《の》べてくれる。

悠弦が差し伸べてきた手に手を伸ばすと、彼は力強く功樹の手を握《にぎ》り、立ち上がらせてくれた。功樹の顔を見て、くすっと優しく笑う。

「ほら、その顔じゃ戻《もど》れないぞ。大丈夫《だいじょうぶ》だから、いつもみたいに明るく笑えばいい」

「っはい……！」

服の袖《そで》で涙を拭《ぬぐ》い、功樹は口角を上げる。無理にでも顔を笑《え》ませれば、そのうち本当の笑顔になる。

「でも先輩《せんぱい》、どうやったら……」

「俺に考えがあるんだ。ただ……」

優しく微笑んでいた彼は、沈《しず》んだ様子で目を伏せた。

「疾斗と護には、つらい結果になると思う。俺もつらい。でも、俺はもうこれしか方法がないと思うんだ。わかってくれるか？」

「悠弦先輩の判断が、間違《まちが》ってるわけないです！」

「ああ、そうだね」

功樹の言葉に、悠弦は笑みを取り戻す。

「大丈夫、俺に任せておけば、きっと今度は疾斗を助けられる」

いつだって、悠弦は正しい。だからきっと、この人についていけば大丈夫。

「はいっ……!」

いつだって、悠弦は功樹の希望だった。

だから、功樹は気付かなかった。

その微笑みが、いつもとは違う歪《ゆが》みを生じていることに。

第七章

深い闇の底の方から

何かを引きずる音と、靴音《くつおと》が近づいてくる。疾斗も護も警戒《けいかい》したが、ドアの向こうからは聞き慣れた声が聞こえてきた。

『護。疾斗。開けてくれるか？』

悠弦の声に、二人は身体《からだ》から力を抜《ぬ》いた。護が立ち上がってドアを開ける。

「ただいま、二人とも」

「た、ただいま～……」

気まずげに笑った功樹が、悠弦の肩《かた》に腕《うで》を回して支えられていた。怪我《けが》したのか、右足を引きずっている。

「功樹、足、どうしたの？」

悠弦の肩からゆっくりと床《ゆか》に座りこむ功樹に、疾斗と護も功樹のそばに立つ。

顔を歪めながら功樹は、疾斗と護に笑った。その目の端《はし》が少し赤い気がした。

「あてて。あ、だいじょぶだいじょぶ。ちょっと階段で挫《くじ》いちゃっただけ」

「腫《は》れてはいないから、すぐに治ると思うんだけどね。護、たしかこの世界では、時間経過で傷は治るんだったよね？」

「はい。そこはゲームと同じなので、擦《す》り剝《む》いたり、挫いたぐらいならすぐに治ります」

功樹の様子と悠弦の言葉に、疾斗は何も言わずに内心で安堵《あんど》する。

「大したことなくてよかった」

護が安堵した表情で笑う。そんな護を見て、功樹は驚《おどろ》き、目を瞠《みは》っていた。功樹の顔を見て、護が首を傾《かし》げる。

「何？」

「あ、いや……護には怒《おこ》られるかと思ったから。てか、いきなり優《やさ》しくなってね……？何か怖《こわ》い。いや、さっきより全然いいけどね！」

「え……。えっと、僕、そんなに感じ悪かった……よね」

「『悪かった』」

思わず功樹と声が被《かぶ》り、同時にうなずいてしまった。功樹はハッとして口を押さえ、疾斗は功樹と被ってしまったことに顔を歪め、そして護はバツが悪そうにうつむく。

「ホント、ごめん……。僕、ひどいこともたくさん言ったよね」

功樹はまた目を瞠っていたが、そんな護の肩を悠弦がぽんと叩《たた》く。

「護は俺達を助けるために、わざと俺達を突《つ》き放していたんだろ？」

その表情は優しく、彼を見ただけで、護の表情が落ち着いた。

「でももうそんな必要はないってわかったみたいだし、ずっと気を張り詰《つ》めている必要もない。やっと俺達の知ってる護に戻《もど》ったね」

頼《たよ》れる先輩《せんぱい》。人の痛みをわかってくれる人。護はそう言った。そして今の悠弦を見ていると、その言葉が嘘《うそ》ではないように思える。

しかし――「楽しんでいる」というその言葉も、本当だと思えたのだ。


「ところで、ちょっと周りを見てきたんだけどね」

「何かあったんですか？」

「いや、周囲に敵はいないんだけど、少し気になる場所があってね。護、一緒《いっしょ》に見に来てくれるか？　確認《かくにん》しておきたいが、一人では何かあった時に対処できないかもしれない」

正直、疾斗は反対だ。だが護は疾斗に視線を向け、大丈夫《だいじょうぶ》だというように微笑《ほほえ》んだ。

「わかりました」

うなずいた護を見て、疾斗は慌《あわ》てて言葉を発する。

「それなら、全員で一緒に行った方が……」

「それもそうなんだけど……功樹、行けそうか？」

「……すいません、まだ、ちょっと痛いッス……」

功樹は右足をさすって謝り、珍《めずら》しく落ちこんでいるのか、顔を伏《ふ》せた。そんな功樹に、悠弦は気にしなくていいというように微笑んだ。

「いや、安静にしていた方がいい。場所はこの上の階なんだ。そう遠くはないから、護と行って、確認してすぐに戻ってくるよ。疾斗、功樹と二人で待っててくれるか？」

ここで了承《りょうしょう》していいものか。疾斗は少し黙《だま》っていたが、護がうなずいた。そして功樹も、疾斗に言葉を向けて来た。

「俺も場所はわかってるから、治ったら速攻《そっこう》行こうぜ！」

「わかった。……気をつけて」

悠弦と護にそう言うと、二人は振《ふ》り返ってきて笑った。心配なんていらないような、優しく頼りになる笑顔《えがお》は、二人に共通していた。

護と悠弦が部屋から出ると、部屋の中はしんと静まり返る。が、それはほんの数秒だった。すぐに功樹が口を開いて疾斗に話しかけてきた。

「そういやさ、疾斗と護は幼なじみって聞いたけど、いつから友達なの？」

「……それ、今関係あんのかよ」

「ちょ、塩対応すぎない!? いいじゃん暇《ひま》だしー！ 何か話してないと、俺落ち着かないのー！ 足痛いし！」

「わかったから、もうちょっと声落とせ」

すぐそばで良く通る声で喚《わめ》かれてはたまらない。疾斗が迷惑《めいわく》そうに耳を塞《ふさ》ぐと、唇《くちびる》を尖《とが》らせつつ、功樹は疾斗の答えを待っていた。仕方なく答える。

「……保育園から。っていうか、家も近いし、物心ついた頃《ころ》からだよ」

「へー。女の子だったらラブが始まりそうなのに残念だな。あ、でも護は好きな子いるから、疾斗振られるな！ ドンマイ！」

（ホント腹立つなこいつ……！）

ただの妄想《もうそう》だとわかっていても何となく腹が立つ。しかし妄想だからこそ、怒ったら負けのような気がして、怒《いか》りを抑《おさ》え、代わりに思いついた疑問を口にした。

「……お前は、悠弦先輩と仲良いのかよ？」

疾斗の言葉に功樹は一度目を丸くしたが、すぐに細めてにまっと笑った。

「お？　それ聞いいちゃう？　話すと長いよ～？」

嬉《うれ》しそうにニヤニヤする功樹に苛立《いらだ》ち、疾斗はふいと顔を背《そむ》けた。

「いい。興味ねえし」

「何で⁉　聞いてよー！　俺の話ってか、悠弦先輩がすげえって話だから！　ね⁉」

「先輩が……？」

功樹の声が急に無邪気《むじゃき》にはしゃぎ、そっぽを向いていた疾斗は彼を再び見つめる。そこにあったのはふざけて調子に乗るいつもの表情ではなく、どこか無垢《むく》な表情だった。

「俺さ、悠弦先輩に救ってもらったんだよ」

「救うって……神様じゃあるまいし」

「え、先輩は神でしょ。色んな意味で」

そう言った功樹に、少し寒気がして、思わず彼をまじまじと見つめてしまう。

邪気が一つも感じられない目。純粋《じゅんすい》で、そこに疑問という不純物は一切《いっさい》ない。

どうしてだろう。それほど信頼《しんらい》関係を築ける存在がいることはいいことのはずなのに、どうしてか功樹のその純粋な目が不気味に見えて仕方がない。

「こう、き……?」

何かを引き止めたいような、でも何を引き止めれば良いかわからず、疾斗の口からかすかに功樹を呼ぶ声が零《こぼ》れた。

功樹にその声は聞こえなかったらしく、弾《はず》んだ声で話し出す。

「中学の時、俺、めっちゃ荒《あ》れててさ。年上の、結構ヤバめな人達とつるんでたんだよね。いわゆる不良? みたいな。でも俺以外の人達は年上だったり、卒業してたから、学校行ってもクラスでぼっちだったんだよね。みんなに怖がられてる……ってか、関《かか》わりたくないから遠ざかってるってか。ぶっちゃけ嫌《きら》われてたよね、あれは」

「お前が?」

「そう。人気者の俺がー。考えられないっしょ?」

そう言ってニカッと笑う功樹が、学校で一人でいるところなんて見たことがない。大抵《たいてい》誰《だれ》かが周りにいるか、功樹が誰かに構いに行って、毎日楽しそうだった。

「親ともすっげー仲悪かったから、家に帰りたくなかったし。何かもう、マジで居場所がないって感じだったわけ」

口調は軽いが、その表情は、普《ふ》段《だん》明るい彼にしては、どこか影《かげ》があった。

「おまけに中三の時にさ、つるんでた先輩達が急にまともになっちゃったんだ。でさ、まだ荒れてた俺のこと笑うんだよ。だせえって。……本当に、この世に一人ぼっちになった気がして、つらかった。もう、ぼっちオブぼっち」

暗い過去を笑い飛ばそうとして、失敗している。護のように、感情を殺し切れていない。そこに、功樹の純粋さを感じてしまった。

そう。功樹は、性根《しょうね》から悪い奴《やつ》ではないのだ。

「どうしたらいいかわかんなくなってた時に、悠弦先輩と会って、俺の話聞いてくれたんだ。そんで、うちの高校に来たらいいって誘《さそ》ってくれたんだよ。それだけだったんだけど、俺、そん時めっちゃさみしかったからさ。誘ってくれただけで舞《ま》い上がって、この人と同じ高校なら、とりあえずあと三年間は生きていけそうって思ったんだよね。そんで塾《じゅく》まで行っちゃったんだよなー。今考えると死ぬほど単純じゃね俺？　バカ？　バカオブバカ？」

「そうだな」

「そこだけうなずくの⁉　いいけど！」

ショックを受けたのかと思ったが、功樹はけたけた笑っていた。自分が単純であることはあまり気にしていないようだ。

「あ。まともになった先輩《せんぱい》達は、悠弦先輩に影響《えいきょう》されて更生《こうせい》したんだって！　先生達が何を言っても無駄《むだ》だったのに、学校にも真面目《まじめ》に行くようになったんだよ？　悠弦先輩マジすごくね!?」

「あの人、ホント、何なんだ……？」

「だから神！」

綺麗《きれい》すぎるほどキラキラした目で、功樹は疾斗に向かってぐっと親指を立ててくる。

――人の痛みに気付いてくれる、本当に優《やさ》しい人だよ。

護もそう言っていた。悠弦が多くの人を助けてきたのは、きっと本当なのだろう。

余計にわけがわからなくなる。どっちが、本当の悠弦なのだろう。

悩《なや》む疾斗の耳に、功樹の明るい声が響《ひび》いてくる。

「だから俺も、ちょっとでも悠弦先輩みたいになりたくて。色んな奴に声かけて、いっぱい友達増やした。救うとかじゃないけど、ぼっちの奴とも友達になったら結構良い奴ばっかだったし、嬉しかった。疾斗に話しかけてたのも……」

功樹は疾斗を見た。そして疾斗は驚《おどろ》く。そこにあった功樹の顔は単純な明るい笑顔ではなく、複雑そうな、困ったような顔だった。

「……ううん。俺、疾斗とは、仲良くしたいってわけじゃなかったのかも……」

「知ってる」

疾斗がそう答えると、功樹は目を剝《む》いて疾斗を見つめてきた。

「うっそマジで⁉ 俺さっき知ったんだけど！」

（やっぱ無自覚だったのかこいつ……）

功樹は少し気まずげに疾斗から視線を逸《そ》らした。

「ぼっちの疾斗がさ、前の俺みたいで……見ていたくなかったんだよ。だから、明るくなってほしくて話しかけてただけだった」

「悪かったな暗くて」

「うぐっ……いや、そうじゃなくて、いやそうなんだけど！」

どこまでも正直な功樹に、疾斗は怒《おこ》る気も起きなくなっていた。

「でも疾斗って、思った以上にガード固くてさ。うぜえってわかってたんだけど、むきになってたんだ。俺は俺の為《ため》に、疾斗に変わってほしかったんだ。あ！ もうしないから、安心していいよ！」

そう言って明るく笑う功樹に、疾斗は何か違和感《いわかん》を抱《いだ》いたが、彼はすぐに顔を伏《ふ》せた。

「……そんな資格も、もうないし」

その言葉は、誤魔化《ごまか》しようもなく落ちこんでいた。まだ、疾斗を身代わりにしたことを気にしているのだろうか。

異常な状況《じょうきょう》だったし、疾斗は死んではいなかった。そして、思った以上に疾斗は功樹のことが嫌いではなくなっていた。だからだろう、その言葉は滑《すべ》り出た。

「……もういいって。あれは事故だ。仕方なかったんだよ」

「ううん。俺は、つぐなわなきゃ。疾斗が許さなくても」

「お前、俺のこと何だと思ってるんだよ」

そんなに冷たい奴に見えるのだろうか。

しかし、功樹の答えは疾斗のまったく予想していないものだった。

「俺が、殺した相手」

いつものテンションで答えられ、一瞬《いっしゅん》理解が遅《おく》れた。慌《あわ》てて功樹を見つめると、彼は捻《ひね》った右足を、どこか必死で見つめていた。

「功樹……？」

パッと顔を上げ、功樹は明るく笑う。いつもの笑顔《えがお》。

「だからさ、今度は疾斗のこと、助けなきゃって思ってんの。それでやっと、許すか許さないかって話じゃね？」

いつもと変わらないように見える。でも、何かが歪《いびつ》で、ぎこちない。

「お前……今、何考えてる？」

功樹の笑顔が硬《かた》くなる。徐々《じょじょ》に上がっていた口角が下がり、表情が引きつっていく。功樹の視線は、もう疾斗を見ていなかった。

「……こうするしか、ないんだよ」

自分に言い聞かせるように功樹が呟《つぶや》いた。震《ふる》えたその声に、疾斗は妙《みょう》な焦燥感《しょうそうかん》に駆《か》られ、功樹の肩《かた》を摑《つか》んでいた。

「こうするしかないって、何のこと――」

パンッ！

聞き慣れた銃声《じゅうせい》が、上の階から聞こえてきた。


悠弦の言う場所は、三階にあるらしい。護は先に階段を上る悠弦の背中を見つめた。

頭に、疾斗の言葉が過《よ》ぎる。

——あの人俺に言ったんだよ。『楽しんでる』って。あれはこんな状況で、自分を奮い立たせるために言ったんだと思ってた、けど……。

（先輩は……僕を助けてくれた。きっと先輩は、自分を奮い立たせてただけだ）

階段を上りきった時、悠弦の手には銃が握《にぎ》られていた。それを見て、護は思わず立ち止まってしまう。

銃口を突《つ》きつけられたことを思い出してしまった。

（あの時は、仕方なかった。僕も剣《けん》を向けてたんだ。だから……）

悠弦がこちらを振《ふ》り返ってきて、護は内心ひやりとしたが、彼は真剣な目で護に言った。

「護。何があるかわからない。俺が先に行くが、剣を出しておいてくれ」

「わかりました。気をつけてください」

「ああ。ありがとう」

護の言葉にうなずく悠弦は、学校で見る、穏《おだ》やかで頼《たよ》りになるいつもの彼だった。

出来すぎていると言う人もいる。だが、この人の優《やさ》しさや親切さには裏表なんてない。

彼はそうすることが正しいと信じて、人に手を差し伸《の》べる。だからみんなが信頼《しんらい》する。

慎重《しんちょう》に歩いていた悠弦の足がある部屋の前で止まる。

「ここですか？」

「ああ。開けるよ？　いいか？」

護がうなずくと、悠弦はドアを開け、すぐに部屋の中に銃を向ける。窓は開いているが、部屋の中には何もいないようだった。ドアを開けたまま、二人で部屋の中を確認《かくにん》する。

「ここから何か音がしたような気がしたんだけど……。何もいないみたいだな。一応、確認しておこうか」

（さっきまでモンスターがいただけだったのかな……？）

護が開いているドアに近づこうと足を向けたとき、モンスターがいないか確認している悠弦が声をかけてきた。

「──護が一年の頃《ころ》さ、何かに悩《なや》んでいたような時期があったけど、それはこのゲームが原因だったのかい？」

悠弦は机の下を見てから、顔を上げて、心配そうに護を見た。

護は少しだけためらってから、うなずく。

「……ええ。そうです。その頃に、先輩《せんぱい》が生徒会に誘《さそ》ってくれたんですよね。嬉《うれ》しかったです。本当に、感謝してます」

「感謝されるほどのことじゃないよ。生徒会に誘ったのは、護が優秀《ゆうしゅう》だったからだ」

優しい笑顔は、いつも学校で見るものと同じだった。護はホッとして、首を横に振る。

「いえ。先輩は悩んでる僕に気付いて、声をかけてくれたんでしょう？　何も聞かずに、僕に居場所をくれた。それにとても救われました」

このゲームに悩まされ、でも考えてはいけないと、日常に没頭《ぼっとう》していた。そうしていないと、悲しくて、つらくて、おかしくなりそうだったから。

「……あの頃の僕は、忙《いそが》しくしていたかったから……。このゲームのことや、疾斗や、つかさや……あの子のことを考える暇《ひま》もないぐらいに、忙しくしていたかった」

日常に没頭することで、何とか自分を保っていた。その環境《かんきょう》を、悠弦はくれた。

(だから、先輩は何もおかしなことなんてないはずだ。今も僕達を……)

ぽんと優しく、肩に手を置かれた。

悠弦を見上げると、眼鏡《めがね》の奥の瞳《ひとみ》は細められ、護に一心に向けられていた。

「本当によく、一人で耐《た》えられたね。つらかっただろうに、一人で抱《かか》え込んで……俺にはとうていできないよ」

「っ……いえ、僕は……」

(あ、ヤバい……)

鼻の奥がつんと痛くなる。疾斗と話して、涙腺《るいせん》がゆるんだままだった。

慌ててうつむき、涙《なみだ》を堪《こら》える。

悠弦はその優しい声で続けた。

「だから、もう護は苦しまなくていいんだ」

「え?」

顔を上げると、悠弦が優しく微笑《ほほえ》んでいた。

――正道護くん、だよね？　よかったら、生徒会に入らないか？　人手不足で困ってるんだよ。君が入ってくれたら、すごく助かるんだけど、どうかな？

生徒会に誘って、手を差し伸べてくれた時と、同じ笑顔――そのはず。なのに、どうしてか背筋が寒くなった。

「俺が君を助けてあげるよ、護」

どうしてだろう。悠弦が助けてくれると言っているのに、なぜか――寒気が止まらない。そんなはずないと、護の心が叫《さけ》ぶ。――何が、そんなはずないのだろうか。わからない。わからないが――

「悠弦、先、輩……？」

悩んでいた護に手を差し伸べてくれた笑顔から目が離《はな》せない。

パンッ！　――キィン！

銃声《じゅうせい》がした直後に感じたのは、右手の衝撃《しょうげき》。そしてその衝撃で持っていた剣が落ちる音。

「え……？」

何が起こったのか、わからなかった。

取り落とした剣を拾おうと柄《つか》に手を伸ばしたが、再度銃声がして、剣が護から遠ざかり、護は肩《かた》を強く押されてその場に倒《たお》れた。

そこでようやく、悠弦が発砲《はっぽう》し、護の手から剣を弾《はじ》き飛ばしたのだとわかった。

「先輩……!?　どういうつもりですか!?」

悠弦は弾き飛ばした『伝説の剣』に歩み寄り、それを手にした。そしてドアではなく、窓のほうへ歩いて行く。

窓は開いている。その窓枠《まどわく》に腰《こし》かけ、悠弦は微笑んだ。

「これは俺が預かる。もう君は何も苦しまなくていいんだよ」

護と疾斗はもう『伝説の剣』を使わないと決めた。だが、誰《だれ》かに渡《わた》す気はなかった。

「何を、言ってるんですか……？」

どうして悠弦が、こんなことをするのかわからない。今わかることは――悠弦の目が本気であることだけ。

悠弦は護から剣《けん》を奪《うば》い、自分のものにする気だ。

「返してください！　それは――」

「残念だけど、それはできないな」

護は咄嗟《とっさ》に悠弦に向かって飛びかかったが、悠弦は動かず、左手に持った剣を肩に担《かつ》いだ。護を避《よ》けようともしない。

手を伸ばせば届く。剣に触《ふ》れられさえすれば、アミュレットに戻《もど》せる――そう思った瞬《しゅん》間《かん》、剣を握《にぎ》っていた悠弦の手のひらが開かれた。

剣はするりと悠弦の手を滑《すべ》り落ち、護の視界から消える。

「な……っ！」

慌《あわ》てて窓へ駆《か》け寄ったが、すでに剣は地上へと落ちていた。

飛び降りるにはリスクが高い。階段に戻ろうとした護の視線は、地上に釘付《くぎづ》けになる。

一階の窓から誰かが出てきて、護の剣を拾って走り出した。――功樹だ。

（功樹が足を痛めたのは、演技……？　ここに僕を連れて来たのも……？　じゃあ……！）

悠弦の真意に気付き、護の全身から血の気が引いた。

下の階では、功樹の背中を追うように、疾斗が窓から顔を出したところだった。

「疾斗っ！」

大声で呼びかけると、疾斗がこちらを見上げた。

「功樹を追って！　先輩達は魔王《まおう》を倒す気だ！」

護の言葉を聞いた瞬間、疾斗は窓枠を越《こ》えた。が、一瞬そこで立ち止まる。

「疾斗、早く！」

再び護を見上げてから、迷いを振《ふ》り切るように功樹が去った方へ走っていく。

「護。君はここにいればいい」

背後から悠弦の声が聞こえて、疾斗がためらった意味がわかった。彼は悠弦と二人になった護を案じていたのだ。

振り返ると、行く手を阻《はば》むように悠弦が護の前に立っていた。

「先輩、どういうことですか！　何でこんなことするんですか⁉」

「君達にはできないことを、俺がやるだけだよ」

悠弦は静かに瞼《まぶた》を閉じて、眼鏡のフレームをそっと直す。

「あの魔王は、つかさなんですよ⁉」

顔を隠《かく》すようにフレームに手を当てたまま、悠弦は口を開く。

「……そうする以外、方法はないんだよ」

悠弦の目は細くなる。頰《ほお》が浮《う》き上がり、それは——笑っているように見えた。

「っ……！」

悠弦の傍《そば》をすり抜《ぬ》け、護は走り出したが、彼はその場に立ったまま動かなかった。追いかけてくる様子もなく、護は階段を飛び降りるようにして下っていく。


——パンッ！


頭上から聞こえた声に、疾斗は思わず立ち上がる。

「今の、銃声……!?」

「……疾斗、待って」

一歩踏《ふ》み出した疾斗の服の裾《すそ》を、功樹がぎゅっと摑《つか》んで引き止めた。

「でも、護と先輩《せんぱい》がモンスターと戦ってたら――」

そこで功樹の顔が緊張《きんちょう》していることに気付く。功樹は無理矢理笑顔《むりやりえがお》を作って、疾斗を見上げてきた。

「俺さ、疾斗のこと、今度は助けなきゃじゃん……？　じゃなきゃ、俺がここに留《とど》まった意味ないし」

「お前……さっきから何言ってんだよ？」

功樹は、自分が助かればいいんじゃないのか。ここに残ったのも、悠弦に倣《なら》っただけじゃないのか。

功樹の目には、もっと明確な意思があった。ただ、視線はもう疾斗には向いていない。

「……こうするしかないんだ。誰《だれ》かがやらなきゃいけない」

「だから、こうするしかないって、何なんだよ！　お前、何しようとしてんだよ！」

疾斗が叫ぶが、功樹は聞いていない。ただただ自分の言葉だけを疾斗に向けてくる。

「悠弦先輩が言ったんだ。俺も、これしかないと思う。それに、先輩が俺のこと、信用して任せてくれたから……！」

功樹は疾斗の服の裾を離《はな》した。そして立ち上がり、窓に向かってまっすぐに歩く。

「お前、足は……」

「……ごめん……っ！」

窓際《まどぎわ》に立った功樹の背後に、何かが落ちてきた。ストンという音がした瞬間、功樹は窓枠を飛び越えてそれを拾って抱《だ》きかかえ、走り出した。

「おい！　功樹！」

功樹が抱《かか》えたそれは、見覚えのある剣だった。

「……護の、剣？　何で功樹が……いや、何で落ちて――」

ざわりと、嫌《いや》な感覚がした。

「疾斗っ！」

疾斗が窓から顔を出すと頭上で護の叫《さけ》び声がして、声がした方を仰《あお》ぐ。三階の真上の窓から、護が身を乗り出していた。その隣《となり》には、窓枠に腰《こし》かけた悠弦の背中と横顔が見えた。

「功樹を追って！　先輩達は魔王を倒す気だ！」

魔王を倒す――それはつまり、つかさも倒すということ。

功樹に視線を戻す直前、それは見えた。

悠弦の横顔が、疾斗を見て笑い、窓から離れて見えなくなった。

(やっぱり、あの人……!)

信用して、護と一緒《いっしょ》に行かせるんじゃなかった。

剣を失った今、護は丸腰《まるごし》だ。もしも悠弦が何かしても、対抗《たいこう》できない。

「っ……!」

功樹を追うか、護を助けに行くか、一瞬悩《なや》む。

「疾斗、早く!」

叫ぶ護をもう一度見てから、疾斗は迷いを振り切り、功樹を追った。

功樹を摑まえないと、今まで護がやってきたことが、すべて台無しになるかもしれない。

「功樹! 待て!」

——こうするしかないんだ。誰かがやらなきゃいけない。

自分に言い聞かせるように、功樹はそう言った。

すでに功樹との距離《きょり》はかなり開いている。足の速い功樹に追いつける距離ではないが、せめて見失わないように必死で追いかける。だが、距離はどんどん開いていく。

(このままじゃ、見失う……! 何とか止めないと……!)

疾斗は息が上がる中、何とか声を張り上げた。

「功樹！　お前、つかさを犠牲《ぎせい》にしてまで帰りたいのかよ！」

護の剣《けん》を抱えて走る功樹の肩《かた》が、ビクッと跳《は》ねた。悠弦とは違《ちが》い、「こうするしかない」と繰《く》り返していた功樹には、迷いがあるはずだ。疾斗は走りながら、必死で叫ぶ。

「だったらさっき、ここに留まらなきゃよかっただろ！　てめえのことしか考えてねえのかよ！　つかさはどうなってもいいのかよ！」

「違う……違うよっ！」

開けた場所に出た。学校で言えば、中庭だろうか。色とりどりの花が咲《さ》いているが、どれもどこか作り物めいている。

そこで功樹は迷うように足を緩《ゆる》め、辺りを見回していた。

「功樹！　止まれよ！」

その背中がビクッと震《ふる》え、疾斗を振り返り、苦しげに言った。

「俺は……俺は、疾斗に、つぐないたいんだよ……っ！」

「俺に、つぐなう……？　何だよそれ」

功樹は護の剣をぎゅっと抱く。それに縋《すが》るしかないかのように。

「俺は、一回疾斗を殺した。だから、疾斗だけは、ちゃんと帰さなきゃダメなんだ……！ それがつぐないなんだ！　じゃなきゃ、俺はいつまでも人殺しだ……！」

「そのためなら、つかさを殺してもいいってのかよ⁉」

疾斗の言葉に、功樹が怯《おび》えたように後退《あとずさ》る。足も、手も、震えていた。功樹は首を振《ふ》りながら、さらに疾斗から後退る。

「違う違う違う！　そんなこと思ってない！　悠弦先輩が、二人はつかさが大切だから『伝説の剣』を使えないって。だから二人を救うためにも、無事に戻《もど》るためにも、俺達がやらなきゃいけないって言ったんだ！　俺は今度こそ、疾斗を助けたくて……」

「そんなことで助けられたって俺は嬉《うれ》しくねぇよ！」

「じゃあ、俺はどうしたらいいんだよ！　こうする以外、俺が疾斗につぐなう方法も、俺達が帰れる方法もないんだ！」

「俺はつかさといっしょに帰りたい！　つかさを犠牲になんて絶対させない！」

ずっと疾斗を見ないようにしていた功樹の目が、ようやく疾斗を見た。

「いっ、しょに……？」

「お前は違うのかよ、功樹……！　お前だって、全員で帰りたいだろ⁉」

「俺、は……でも、だって、悠弦先輩が……」

「悠弦先輩？　あの人に何か言われたのかよ？」

功樹の目が、一瞬《いっしゅん》キッと疾斗を厳しく見つめた。だが、すぐに迷いに揺《ゆ》れる。

「そんな風に言うな！　あの人は俺を助けてくれた！　俺を救ってくれた！　……今度だって、きっと正しい！」


「功樹」

優《やさ》しく穏《おだ》やかな声がして、疾斗の心臓が跳ねる。

悠弦がゆっくりと歩いて、功樹の後ろからやってきた。その表情は冷静だ。

功樹は反対に、ホッとした表情を浮《う》かべ、そして申し訳なさそうに悠弦を見た。

「悠弦先輩！　すいません、俺、追いつかれちゃって……っ！」

「いいんだ。君もつらいのに……よくやってくれた」

優しく肩を叩《たた》く悠弦を見て、功樹は何かに気付き、彼を見つめた。

「そう、ッスよね……つらいのは、俺だけじゃない。いや、俺よりもっとつらいのは、悠弦先輩なんだ……っ」

「功、樹……？」

功樹の身体《からだ》の震えが止まっていた。彼の中にある迷いもいっしょに消えてしまったのか、功樹の表情が変わった。

「功樹」

優しくそう呼んで、悠弦は功樹に向かって剣を渡《わた》すように手を差し出した。

「俺は大丈夫《だいじょうぶ》だ。君は、疾斗につぐないたいんだろう？　なら、その剣を渡してくれ」

手を差し出した悠弦は、笑っていた。

（大丈夫なはず、ないだろ。つかさを殺すことになるかもしれないのに……！）

悠弦を見上げる苦しげな功樹の目に、涙《なみだ》が滲《にじ》む。

「先輩《せんぱい》……俺、弱くて、ごめんなさい……っ」

「いいんだよ、功樹。君はよくやった。あとは俺に任せてくれれば、すべてうまくいく」

功樹は抱きかかえていた護の剣を、悠弦に差し出した。

「功樹！　ダメだ渡すな！」

疾斗は止めようと手を伸《の》ばしたが、護の『伝説の剣』は悠弦の手に渡った。

現実の世界に帰りたい。それはわかる。でも魔王《まおう》を――つかさを倒《たお》すなんて認められるはずがない。

「本当に、つかさを倒すっていうなら……っ！」

アミュレットに手を伸ばす。無理矢理《むりやり》にでも、奪《うば》うしかない。

悠弦は疾斗の動向を見つめていた。止めることもしない。戦う覚悟《かくご》があるのだろうか。

「疾斗！」

疾斗が剣を出す前に、護が追いついてきた。

護は息を切らして、自分の剣を持っている悠弦を見据《みす》えた。

「悠弦先輩、返してください。あなたはその剣を満足に扱《あつか》えないはずです」

悠弦は手にした『伝説の剣』を重そうに持ち上げ、まじまじと見つめた。

「たしかに……俺は西洋剣のスキルはそれほど上げてないからね。だけど、銃《じゅう》である程度弱らせて、これでトドメを刺《さ》せばいいことだ。君達が持っていても、このゲームは終わらない。それとも、つかさを元に戻して、全員が無事に帰る方法でもあるのか？」

「っ……！」

疾斗も護も答えられなかった。

悠弦は眼鏡《めがね》の奥の瞼《まぶた》を伏《ふ》せて、剣の切っ先を地面に突《つ》き刺す。

「そんな方法がない以上、これが最善だ」

「最善なわけあるか！　返せよ！」


パンッ！


耳を劈《つんざ》く発砲《はっぽう》音が響《ひび》く。悠弦の左手は銃を握《にぎ》っていた。

発砲した弾《たま》は、疾斗のすぐそば、髪《かみ》をわずかに掠《かす》めて焦《こ》がしていた。

悠弦の黒い瞳《ひとみ》と、銃口。三つの目が、疾斗を見ているようだった。

「残念だが、これ以上の対話は無意味だ。君達とはここでお別れだよ。別の方法を探すなら探してくれ。俺が魔王を倒す前にね。だが、邪魔《じゃま》をするなら――」

それ以上、悠弦は言わなかった。否《いや》、言えなかったのだ。

――背後から、『その気配』を感じ取ったから。

第八章

すべてを壊してあげるから

背筋に寒いものが走る。最初に指先が震《ふる》えて、足、末端《まったん》から身体の中心が震えていく。

この場にいる全員が迫《せま》ってくる存在の強大さを感じ取り、恐怖《きょうふ》していた。

「……噂《うわさ》をすれば、だ」

悠弦の声もまた揺れている。だが、その口元には笑《え》みが浮かんでいた。

（また、笑ってる……）

悠弦の目的は魔王を倒すこと。魔王の方から現れたことに喜んでいるのだろうか。


最初に見えたのは、赤く長い髪。ふわりふわりと風に舞《ま》っている。

赤い肌《はだ》の、美しい少女。背中には大きな翼《つばさ》を携《たずさ》え、胸元《むなもと》には大きく真っ赤な核《かく》があった。

一見天使のような容姿だが、彼女から発せられる禍々《まがまが》しく、重苦しい空気は、たしかに『魔王』と形容できるものだった。

核と同じ赤い瞳が、疾斗達を見下ろしている。

「つかさ……！」

緊迫《きんぱく》した空気の中、『伝説の剣《けん》』を背に担《かつ》いだ悠弦を見て、疾斗と護は彼に駆《か》け寄ろうとした。だが、疾斗と護の前に、功樹が立ち塞《ふさ》がる。

「悠弦先輩《せんぱい》の邪魔は、させない……！」

「功樹！　お前、本当に納得《なっとく》してんのかよ！　つかさは大事なクラスメイトだろうが！」

功樹はお調子者だが、性根《しょうね》が悪いわけではない。つかさとも仲良くしようとしていた。

「……みんなで帰れるなら、そうしたい。でも、そんな方法なんて、もうないんだろ⁉」

そう言って、功樹は手をこちらに向ける。その手に握られていたのは、悠弦の銃だった。

悠弦とは違《ちが》い、手がガタガタ震えている。そんな功樹に、護が向かっていく。

「功樹。退《ど》いて」

功樹は唾《つば》を飲み込んで、震えながらも護をしっかりと見据えていた。

「ごめん、無理。だってさ、疾斗には護がいるじゃん。護には疾斗がいるじゃん？　……俺が今退いたら、悠弦先輩には誰《だれ》もいなくなっちゃうじゃん……！　そんなの、絶対ダメだろ⁉　先輩は俺達を元の世界に帰すために戦ってくれてるのに！」

怖《こわ》くて怖くてたまらない。功樹の表情がそう物語る。恐怖の対象は、護か、疾斗か、この状況《じょうきょう》か。きっとすべてだろう。それでも功樹は悠弦のために、護と疾斗に対峙《たいじ》していた。

功樹の背後では、悠弦が魔王を見上げて彼女の方へ向かっていた。

「護や疾斗には君は倒《たお》せない。だから俺が――」

悠弦は持っていた銃をアミュレットにしまい、両手で剣を持ち、切っ先を魔王に向けた。

「この剣で、君を終わらせてあげるよ」

護はまるで重さなどないかのように片手で軽々と振《ふ》るっていたが、悠弦は重そうに両手で持ち上げていた。あれで本当に戦えるのだろうか。

「やめてください、先輩！　それじゃあまりにもあなたが危険です！」

護の声にも反応せず、悠弦は魔王に向かっていく。

魔王は人差し指を悠弦に向けて、その指先に赤い光を灯《とも》す。光が強くなると、一斉《いっせい》に無数の矢が悠弦へ向かった。矢が放たれた瞬間《しゅんかん》、悠弦は脇《わき》へ避《よ》けた。

「くっ……！」

悠弦は矢の軌道《きどう》を予測して避けたが、魔王の矢は予想以上の威力《いりょく》を持っていたらしい。もの凄《すご》い風圧で悠弦の身体《からだ》がよろめき、彼は膝《ひざ》を突《つ》いた。咲《さ》いていた花の花弁と土埃《つちぼこり》が巻き上がり、視界が一気に悪くなる。

「悠弦先輩、剣を返してください！　僕はあなたを死なせたくない！」

「……ふっ……」

疾斗は、悠弦が攻撃《こうげき》を避けられたことに安堵《あんど》のため息を吐《つ》いたのだと思った。だが剣を地面に突き立てて立ち上がり、こちらを振り向いた悠弦の口元には——

「ふふ……あっはははははっ！　何言ってるんだ、護」

彼の顔には、恐怖も焦《あせ》りもない、余裕《よゆう》の笑みが浮《う》かんでいた。

「死んだら、やり直せばいい話だろ？　ここはそういう世界じゃないか」

「だから、って……そんな……」

悠弦の笑みを見て、疾斗の背筋が凍《こお》る。

(何を考えてるんだ、この人……!?)

魔王《まおう》を『伝説の剣』で倒す——悠弦の目的は、本当にそれだけだろうか。たった一人、慣れない武器で戦う——こんなに勝ち目がない戦いを、彼が挑《いど》むだろうか。

こちらを振り返った悠弦の背後で、また赤い光が灯る。

「悠弦先輩ッ！」

功樹の叫《さけ》び声で、悠弦は再び魔王を振り返る。そしてアミュレットから銃《じゅう》を取り出し、魔王に向けた。しかしそれも遅《おそ》く、魔王の矢はすでに彼に迫っていた。

さすがの彼も目を瞠《みは》り、間一髪《かんいっぱつ》のところで避けた。

苦戦する悠弦を見て、功樹もそわそわと落ち着かない。そんな功樹に護が一気に近づき、銃を摑《つか》んで下ろした。ビクッと肩《かた》を震わせた功樹に、護は大声で言った。

「功樹、このままじゃ悠弦先輩まで危ないんだ！　僕も悠弦先輩に救われた！　あの人が傷つくとこなんて見たくないんだよ！」

「悠弦先輩が……危ない……」

護に言われて、功樹は悠弦を振り返って声を上げた。

「逃《に》げましょう、先輩！　俺、やり直せても、先輩が死ぬのは絶対見たくないッス！」

功樹の声に、悠弦もこちらを見た。悔《くや》しげに目を細め、荒《あら》くなった呼吸の合間に呟《つぶや》いた。

「……そうだね。俺も、無闇《むやみ》には死にたくないかな」

悠弦がそう呟いたその時。

――ヒュッ！

悠弦に向かって、一本の矢が放たれた。悠弦は剣を持ち上げたが、逃げる余裕はなさそうだった。だが、悠弦の身体が急に傾《かたむ》く。

「先輩！」

功樹が悠弦に飛びつき、その矢の軌道から悠弦の身体を避けさせたのだ。しかし――

「うっ……ああああああっ！」

功樹の足には、一本の矢が刺《さ》さっていた。

――ガラン。

功樹に飛びつかれた衝撃《しょうげき》で、悠弦は剣を手放していた。悠弦の手から離《はな》れた『伝説の剣』は、魔王の足元に転がっていく。魔王の赤い瞳《ひとみ》が、疾斗達から足元の剣に移った。食い入るように、『伝説の剣』を見つめている。

魔王はそのまま微動《びどう》だにしない。そんな魔王の様子を見て、護は少し怪訝《けげん》な顔をした。

しかしすぐに怪我《けが》をした功樹の腕《うで》を自分の肩に回し、立ち上がった。

「今のうちに逃げよう！」

「でも、お前の剣……！」

「……あとから、回収するしかないよ。それより今は逃げなきゃ！」

護は一瞬躊躇《ちゅうちょ》したが、すぐに顔を上げて、怪我をした功樹を抱《かか》えて足を進めた。

疾斗もためらいがちに、倒れたままだった悠弦に手を伸《の》ばす。

「先輩も」

「……ここまで、か」

そう言って、彼は疾斗の手に摑まり、立ち上がった。

全員が走り、魔王とは距離《きょり》が開いた。逃げていても、その間魔王は何もしてこなかった。

安堵しつつも、疑問が湧《わ》く。なぜ追ってこないのか。その時。

――ガキンッ！

「え……?」

背後で固いものがぶつかりあう音がして、全員が身の危険を感じて振り返る。魔王が攻撃してきたのだと思った。だが、こちらに魔王の赤い矢は来ていない。

赤い矢は、魔王の足元に突き刺さっていた。

そこは、護の『伝説の剣《けん》』があった場所。


――ガキンッ！　ガキンッ！　ガキンッ！


過剰《かじょう》に、執拗《しつよう》に、魔王は赤い矢を護の剣に打ち込み続ける。自分を傷つける恐《おそ》れのある武器だからだろうか。

「まさか、そんな……！　やめろ！　その剣は、恭子と一緒《いっしょ》に手に入れたのに……！」

護は振り返り、立ち止まる。功樹の腕を離して、魔王に手を伸ばした。

走り出そうとした護の前に、疾斗は咄嗟《とっさ》に飛び出す。護は疾斗が見えていないかのように正面からぶつかってきた。それでも前に進もうとする護を、足を踏《ふ》ん張って止める。

あの剣は、護にとって恭子との思い出の一つ。それは疾斗にもわかっていた。でも。

「護、行くな！　今お前が行っても、殺されるだけだ……！」

「でも……でもっ！」

護がそう叫んだ瞬間《しゅんかん》。


——パキン。


その音が、疾斗の耳にも聞こえてきた。護を押さえながら魔王を振《ふ》り返る。

そんな絶望的な声が、耳元で響《ひび》く。

「ああっ……！」

魔王の足元には、無数の矢が山のように突き刺さっていた。わずかな隙間《すきま》から見えるのは、剣の白い残骸《ざんがい》。

『伝説の剣』が折れた。——それは同時に、一つの選択肢《せんたくし》がなくなってしまった瞬間。

護の肩を持って、疾斗は剣を見つめる護の視線を自分に戻《もど》す。

「護。逃げよう」

「でも……っ！」

「俺は、もうお前に傷ついてほしくない。恭子もそれを望んでるはずだ。……頼《たの》むよ」

疾斗は動きを止めた護の手を掴んだ。護は一瞬だけためらうように立ち竦《すく》んだが、疾斗が手を引くと一緒に走り出した。疾斗は護が戻らないよう、強く護の手を握《にぎ》りしめる。

（もう、護はボロボロなんだ）

ずっと疾斗やつかさ、知らない人間までも守ってきた。……守れないものもあった。護のこの手は誰《だれ》の助けも求められず、たった一人であの剣を振るうしかなかったのだ。

何度も何度も傷ついたその心は、何かの拍子《ひょうし》に砕《くだ》けてしまいそうな危《あや》うさがあった。

（今度は俺がこいつを守らなきゃ……）

怪我をした功樹は、悠弦が腕を支えて走っていた。痛みを堪《こら》え、脂汗《あぶらあせ》を掻《か》きながらも、功樹は悠弦の足に必死でついて行く。

「すいません、先輩《せんぱい》……」

「気にしなくていい。それより、ちゃんと掴まっているんだ」

魔王《まおう》からはかなり距離が開いたはずだ。とにかく室内に入り、どこかに隠《かく》れるしかない。


ピコン。

スマホから通知音が響いた。大した大きさでもないその音に、疾斗の心臓が飛び跳《は》ねる。どこからともなくアナウンスの声が聞こえた。

『クエスト【鬼《おに》ごっこ】をスタートします。一定時間、あなた達を追う魔王から逃《に》げてください。勇者が魔王に触《ふ》れれば、クエスト終了《しゅうりょう》です。なお、勇者のうち一人がゲームオーバーになれば、魔王の動きは五分間止まります』

「嘘《うそ》だろ……！」

こっちには功樹という怪我人がいる。早く隠れないと、全員が危ない。

「悠弦先輩、早く！」

功樹を抱えている悠弦は、どうしてもペースが遅《おそ》くなる。それでも功樹を引きずって走っていた彼の足が、ぴたりと止まった。

「何してるんですか！　早く！」

「……なるほど。じゃあ、答えは簡単だ」

悠弦は功樹を抱えたまま、魔王に対峙《たいじ》した。そして功樹を片足でその場に立たせる。

「悠弦、先輩?」

痛みを堪える功樹が、悠弦を不安そうに見つめる。

「大丈夫《だいじょうぶ》だよ、功樹。お前は俺の言う通りにしていれば、間違《まちが》うことなんかないんだ」

悠弦の優《やさ》しい笑《え》みに、功樹がホッとして笑う。

「今度は、お前が俺の身代わりになる番だ」

トンッ、と、片足で立っている功樹の背中を、悠弦が軽く押した。

「え……?」

功樹の身体《からだ》が前方に傾《かたむ》く。倒《たお》れそうになった瞬間、矢が飛んでくる音がした。


ヒュッ!　――パキ。


功樹の胸に、赤い矢が刺《さ》さっていた。

「功樹!」

疾斗の声に反応せず、功樹の身体が背中から倒れる。

疾斗達が駆《か》け寄るまでもなく、功樹は自分で上半身を起き上がらせていた。彼に刺さったはずの矢は、そばに落ちていた。

「あ……っぶね……。あ、ははっ、コレがなきゃ即死《そくし》だった、て感じ?」

功樹は引きつった笑みで、こちらを振り返った。

功樹のアミュレット——アクアマリンのような透《す》き通った水色の石に、赤い矢は突《つ》き刺さったのだろう。足元には赤い矢が落ち、石は無惨《むざん》にひび割れて今にもボロボロに崩《くず》れそうな有様だった。しかし功樹の身体には傷一つついていない。

(そういえば、これ、一体何なんだ? ゲームに出てくるアイテムに似てるけど……)

アミュレットへの疑問が頭に過《よ》ぎりつつ、疾斗は功樹を助け起こそうと駆け寄る。

功樹はこちらを見て笑った。なぜだかその笑みが、ひどく残酷《ざんこく》で悲しいものに見えた。

「へへ、よかった。悠弦先輩の役に立てた。それに俺、みんなを守れ——」

彼が笑って、そう呟《つぶや》く最中。

——功樹の姿は忽然《こつぜん》と消えていた。

「……功樹……？」

功樹がいた場所には、功樹のつけていたアミュレットの残骸が残っているだけだった。

そして魔王も、その場から姿が消えていた。

「何で、消えたんだよ……？」

魔王はクエストのルールに則《のっと》り、おそらくどこかへ消えたのだろう。だが、功樹は——

「あっはははははは！」

場違いな高笑いが聞こえ、疾斗の身体がビクッと跳ねる。

「やっぱり、そうなのか」

悠弦と護の声が重なった。同じ言葉なのに、そこに含《ふく》まれた感情はまったく違うものだった。悠弦の喜色と、護の絶望。

「同じ結論に至ったみたいだね、護」

悠弦はおかしそうに笑いながら、膝《ひざ》から崩れ落ちた護を見下ろしていた。

「……何なんだよ、護……？」

やっとそれだけを言葉にした疾斗に、護は顔を覆《おお》っていた手をぎゅっと握りしめる。

「今まで、確信はなかったんだ。こんな風に石だけを狙《ねら》うのは難しいから……。消えた人は、アミュレットごと倒されていて、アミュレット自体がどうなってるかは確認《かくにん》できなかった。でもつかさのスキルなら、アミュレットだけを狙うことができるんだ……」

「それが、何なんだよ……？」

「このアミュレットの石が、ここでは肉体よりも重要なんだよ」

チャリ、と自分のアミュレットを指先で遊ばせて、悠弦はくすくす笑って、疾斗を見下ろす。楽しさに満ちた、場違いな笑顔がそこにあった。

「この石こそが、この世界では俺達の命なんだよ。電脳世界みたいなものなのかな、ここは。肉体をデータ化して収束させたものがコレなんだろうね。命なんて、軽いもんだ」

自分のアミュレットを見つめながら、何てことないように言う悠弦が、何か理解できないものに見えた。遅《おく》れて、怒《いか》りが湧《わ》いてくる。

「あんた、そこまで予想してて、何で功樹を……！」

楽しそうな笑みを消して、悠弦は目を細める。

「仕方がなかったんだよ……ああしなければ、俺達は全員殺されていた」

悠弦は悲しそうに功樹が消えた場所を見つめたが、それが大袈裟《おおげさ》な演技だとすぐにわかった。もう、騙《だま》されることはない。

「仕方ないだと……！　功樹はあんなにあんたを慕《した》ってたのに！」

悠弦は悲しむ演技をやめて、呆《あき》れたような目で疾斗を見遣《みや》った。

「疾斗。お前には『慕う』って意味がわかっていないいな」

「わかってねえのはあんただろ！」

悠弦は肩《かた》を竦《すく》め、まるで小さな子どもに諭《さと》すように、優しく疾斗に説明した。

「いいかい、疾斗。心から慕うっていうのは、俺のために死ねるってことさ。——だから、功樹は俺のために犠牲《ぎせい》になったことを喜んでただろう？」

功樹の最後の笑みは、本当に喜んでいたのだろうか。だが、どうしてか悲しかった。あれは、信頼《しんらい》する先輩《せんぱい》に身代わりにされた、功樹の精一杯《せいいっぱい》の強がりだったんじゃないのか。

功樹の真意はわからない。さらにわからないのは——

「あいつは俺を満足させた。歩兵としては、予想以上の働きだ。褒《ほ》めてやるさ」

この、土方悠弦の考えだった。

「……あんた、何言ってんだよ……っ？」

「それが慕うってことだろう？　違うか？　俺のためにあいつは死んだ……ははっ、あははははっ！　そうだ、それでいいんだ……っ！」

楽しげに声を上げる悠弦に、疾斗は寒気を感じながら怒鳴《どな》りつける。

「いいわけねえだろ！　そんなの間違ってる！」

「ああ、そうだ！　俺は間違ったことをしてる。人の道を踏《ふ》み外してる。人生で一度も間違ったことのないこの俺が、人として最大の禁忌《きんき》を犯《おか》してる！　あっはははははっ！」

一頻《ひとしき》り大声を上げて笑っていた悠弦だったが、急に笑い声を止め、疾斗達を静かな瞳《ひとみ》で見つめてきた。そして。

「——それが、楽しくて楽しくて仕方ないんだ」

身体の芯《しん》から冷たくなるような綺《き》麗《れい》な微笑《びしょう》とともに、彼はそう言った。

疾斗達の反応に満足したように笑い、悠弦はくるりと背を向けた。

「ここも現実も、俺の役割は同じだな」

悠弦の声に、黙《だま》っていた護が声を上げた。

「お……な、じ？　どこがですか？　ここと現実とじゃ全然違います！　先輩だって……」

「いいや同じさ。こっちはこの世界のプログラムに、現実では周囲からの期待っていうプログラムに、俺は踊《おど》らされているだけだった。ここに来てそれに気付くなんて、皮肉だね」

くすくすと笑う悠弦に、護は信じられないという視線を向けて、首を振《ふ》る。

「あなたは誰《だれ》かに踊らされてなんかなかった。自分で正しいと思ったことを行う人で……」

「ああ。そうだよ。俺は自分の意志で周囲の期待に応《こた》えていた。それが正しいと思っていた。一度もその選択《せんたく》を間違《まちが》ってると思ったことなんてない。間違うことなんて許されなかったし、俺自身も決して許しはしなかった」

「だったら、どうして……」

護の半ば呆然《ぼうぜん》とした言葉に、悠弦は歌い出しそうな口調で答える。

「この世界で間違ってしまったからさ。いや、俺のためには、それでよかったけどね」

「間違った……？　あなたは一度も間違ったことなんてしなかった」

「間違ったよ」

黒い瞳がひたと疾斗を見つめてくる。疾斗は思わず身構えたが、悠弦の表情に目を瞠《みは》る。

「後輩を守れず、目の前で死なせてしまった……」

疾斗を見るその目は細められ、本当に悲しそうに見えた。

「それは……あんたのせいじゃ……」

「いいや。俺のせいさ。俺の目の前で、後輩が死んだ！　俺が守るべきだった……っ！」

たった今、功樹を裏切り、そのせいで彼が消えてしまったのに、悠弦のその言葉には嘘《うそ》はないように思えた。頭を抱《かか》え、本当に自分を責めて、後悔《こうかい》していた。

「でも……」

うつむいていた顔を上げると、悠弦は再び、楽しげな笑《え》みを浮《う》かべていた。

「お前はコンテニューしてきた。何事もなく俺の前に現れた。……その時、思ったよ。ここはいくらでも間違ってもいい世界なんだって。それがたまらなく魅力《みりょく》的に思えたんだ！」

疾斗は恐怖《きょうふ》で震《ふる》える手を握《にぎ》りしめ、悠弦に反論する。

「たしかに俺は、コンテニューしてここにいる。……でも、功樹はもうコンテニューすらできねえんだぞ！　あんた、わかってんのかよ！」

「そうだね。俺を心から慕う後輩が、俺のために死んでしまった。ああ……俺はさらに間違ってしまった……俺の意志で、ね」

そこに後悔なんてないのだろうか。悠弦はどこか芝居《しばい》がかった声で続ける。

「あっははははは、はっ！　道を踏み外すって、こんなに楽しいんだな。初めてだ。こんな快楽の世界があるなんて、現実世界では考えもしなかった！」

まだ笑いを引きずりながら、悠弦は疾斗を見つめて言った。

「疾斗。俺はお前に感謝してるよ。人を助け、救うこと以上に、人を見捨て、傷つけることが気持ちが良いんだって、気付くきっかけをくれたんだから」

「違う……あなたは、そんなことに楽しさを見出《みいだ》す人じゃない……！　絶対に！」

護が首を振り、悠弦に向かって叫《さけ》んだ。

「気付いてください！　あなたはこのゲームに歪《ゆが》められて、踊らされてるだけだ！」

「そんなことはどうでもいい。俺は未知の快楽を貪《むさぼ》りたいだけだ」

不意に悠弦は真顔になり、言葉とともに広げた指を折って何かを数え始めた。

「最初は、後輩を助けられなかった。次は魔王《まおう》を倒《たお》したらどうなるのか知りたくて、自分は手を汚《よご》さずに後輩にトドメを刺《さ》させた。後輩を自分の身代わりにした。それから――後輩が大事に大事にしていた剣《けん》を壊《こわ》した」

「っ……！　あれはわざと……？」

呆然と呟《つぶや》いた護の反応にくすっと笑い、悠弦はこちらを見てにっこりと微笑《ほほえ》んだ。

「あとは何をすれば、俺は楽しめるんだろうな？」

「何でだよ……あんただって、現実に戻《もど》りたいはずだろ⁉　だったら何で、『伝説の剣』を壊したんだよ⁉　あの剣で魔王を倒して帰るのが、あんたの目的じゃ――」

見上げた先の悠弦の表情を見て、疾斗は自分の声が消えていくのを感じた。

悠弦は心底不思議そうな視線を向けてきた。その瞳は、いっそ無邪気《むじゃき》にも見える。

「いつ、俺が帰りたいなんて言った？」

疾斗と悠弦は、お互《たが》い理解できないものを見る目で見つめていた。

「は……？」

「現実に戻る？　俺が何のために護から『伝説の剣』を奪《うば》って壊したと思ってるんだ？」

「だって、あんた……あの剣で魔王を倒すって言ったじゃねえか」

『伝説の剣』で魔王を倒す――それは、次の魔王にはならないまま、現実に戻れる唯一《ゆいいっ》の方法のはずだった。だが、悠弦の目的はどうやら違う。

「たしかに俺は魔王を倒すと言った。だがロクに扱《あつか》えない剣で戦うなんて、俺がするわけないだろう？　――教えてやれよ、護。お前はそろそろ、俺の目的がわかったんだろう？」

くすくすとあざ笑う悠弦に視線を向けられて、護は怯《おび》えたように肩を震わせた。

「どういうことだよ……？　わけわかんねえよ！」

疾斗は護を見る。縋《すが》るように。理解できない悠弦の何を、護は察したのだろう。

「……悠弦先輩《せんぱい》は、『伝説の剣』を魔王に破壊《はかい》させるために、僕から奪っていったんだ。魔王にならないまま現実に帰る方法を、完全に潰《つぶ》したんだよ」

「そんなことしたら、あの人も現実の世界に帰れなくなるんじゃ――」

そこまで言って、ようやく疾斗は悠弦の目的を理解する。

(帰れなくて、いいんだ)

それが悠弦にずっと感じていた違和感《いわかん》の正体だった。

『伝説の剣』を壊し、もう現実には興味がない彼が、次に目指すのは――簡単だ。彼は誰よりもこのゲームのルールに従っている。

悠弦は自分の胸に手を当てて、微笑んだ。

「次の魔王には、俺がなる。俺ならもっと、この世界を楽しくしてやれる!」

疾斗と護ではなく、虚空《こくう》に――このゲームのプログラムに向かって叫ぶが、当然のように返事はない。それでも満足そうに、悠弦は笑っていた。

理解できない。だが、はっきりわかるのは、彼に対する怒《いか》り。

「功樹はあんたを信頼《しんらい》してたのに、最初から利用してただけだったのかよ!」

「魔王の席は一つだけだ。なら、その競争相手は排除《はいじょ》すべきだ。利用できるものは利用させてもらうけどね」

「……僕達、なんですか……？」

護がぽつりと呟き、ゆっくりと顔を上げた。

「あなたを、そこまで追い込んだのは……？　僕達が、あなたに救われて、それで、あなたに期待しすぎてしまったから……！」

震えた護の言葉に、悠弦は笑みを消し、冷たい目で護を見た。

「そうだよ」

「っ……！」

護の顔から血の気が引く。その表情の変化を楽しむように、悠弦は笑った。

「あっははは！　いい顔だ。でも残念。あまり自惚《うぬぼ》れるなよ、護。確かにお前は、先輩後輩を別にして、いい友人だったさ。功樹は可愛《かわい》い後輩だった。だけどな、俺は誰《だれ》にも追い込まれてなんていない。あれはあれで、俺のあり方だった。俺の中にある『正しいこと』に則《のっと》って生きることが、自信になり、誇《ほこ》りになり、あの俺を形成していた」

悠弦はまるで今までの自分を慈《いつく》しむように、誇るように、胸に手を当てた。

「俺は俺のために生きていた。今も同じだ」

「違《ちが》う……！　悠弦先輩は……。何で、そんなに変わってしまったんですか……！」

「そうだな、強《し》いて言うなら……この世界で箍《たが》が外れただけさ。現実の世界では決して外れることのないソレが、ね」

胸に当てた手を、悠弦はぎゅっと握りしめた。その手の中にある、今までの自分を握り潰すように。胸元から離《はな》した手の中には、すでに銃《じゅう》が握られていた。いつのまに功樹から取り戻したのか、二丁目も手にする。

疾斗と護は身構えた。今の悠弦は、平気で功樹を身代わりにした。疾斗と護にも、いつ攻撃《こうげき》してくるかわからない。

逃《に》げなくては。そう思った瞬間《しゅんかん》、寒気が走った。

——魔王の気配。

（しまった……！）

悠弦の言動に気を取られ、五分間動かないと言ったその時間が過ぎてしまったのだ。悠弦は背後を振《ふ》り返って笑っていた。ここまでが彼の計算だったのだろう。

赤い魔王の姿が現れ、悠弦がくすりと笑う。

「さあ、やろうか、つかさ。いや、今は魔王か。お前と俺で、楽しい椅子《いす》取りゲームだ！」

魔王を見つめ、銃を構えたのを見て、護は声を上げて悠弦に駆《か》け寄ろうとした。

「先輩、ダメです！　やめてください！」

肩越《かたご》しに、悠弦は護を見る。

「この期《ご》に及《およ》んで俺を案じてるのか？　――護、君は本当に優《やさ》しいね」

穏《おだ》やかで優しい笑顔《えがお》。きっとこれが、護がずっと信じてきた悠弦の顔なのだろう。その笑顔のまま、悠弦は銃口を護に向けた。

「そして、思ったよりも愚《おろ》かだな」

悠弦の指はすでに引き金に掛《か》かっている。

「護！」

疾斗は咄嗟《とっさ》に手を伸《の》ばして護の肩を摑《つか》んだ。が、当然遅《おそ》い。

護が銃弾《じゅうだん》に倒《たお》れるものだと思った。しかしその直前――

魔王が護の前に降り立っていた。

パンッ！

銃声とほとんど同時に、魔王《まおう》の身体《からだ》が小さく跳《は》ねた。その後、二度三度と銃声とともに少女の身体が揺《ゆ》れる。

「え……？」

その声を発したのは、疾斗か護か、わからなかった。ただ、二人とも悠弦との間に降り立った魔王の——つかさによく似た顔をじっと見つめていた。

「つか、さ……？　今、護を……」

魔王の赤い目は、護を見つめていた。

目の前に立った魔王の唇《くちびる》が動く。

「——……のは、私」

魔王は護を見たまま、小さく何かを呟《つぶや》いたが、よく聞こえなかった。

「今、何て——」

魔王に向かって尋《たず》ねようとしたが、突然《とつぜん》の風圧で疾斗は口が利《き》けなくなる。傍《そば》にいた魔王の翼《つばさ》が羽ばたき、上空へ向かっていた。

「待てよ、つかさ！」

疾斗が手を伸ばすと、つかさの翼の先端《せんたん》に触《ふ》れた。

その瞬間、あの通知音と無機質な声が響《ひび》いた。


ピコン。

『クエスト【鬼《おに》ごっこ】クリアです。おめでとうございます』


アナウンスの声に、何発もの銃声が重なり、後半はよく聞こえなかった。もうクエストなど、魔王と悠弦には関係なくなっていた。

魔王の身体は弾丸を避《さ》けてか、上空で旋回《せんかい》する。

「空へ逃げたところで無駄《むだ》だと、わからないのか？」

そう呟きながら、悠弦が両手に持った銃を魔王へ向ける。

「おい！　やめろっつってんだろ！」

悠弦は右手を魔王に向けたまま、一瞬だけ左手の銃口を後ろに――疾斗に向けた。

パンッ！

その一発の銃声とほぼ同時に、疾斗は右耳と頰《ほお》に熱さと痛みを感じた。頰に触れると、血で手が濡《ぬ》れる。

悠弦は疾斗に視線を遣《や》ることもなく、こちらに向かって諭《さと》すように言った。

「邪魔《じゃま》をするな。次はないぞ、疾斗」

一発を疾斗に向けて撃《う》っただけで、悠弦はすぐに魔王との交戦に戻《もど》っている。

お前達など、見なくても命中させられる——悠弦は暗にそう言っていた。全身に鳥肌《とりはだ》が立って、足が止まってしまった。

(どう、すれば……！)

絶え間ない銃声が響く中、上空に飛んだ魔王の身体が揺れ始めた。綺麗《きれい》だった翼が毛羽立ち、羽根がふわふわと地上に舞《ま》い落ち始める。

(嘘《うそ》だろ、つかさが、負ける……？)

「——落ちろ」

悠弦の右手に持った銃の引き金が絞《しぼ》られる。

パンッ！

銃弾が胸にある赤い核《かく》を撃ち抜《ぬ》いたのだろう。上空を飛び回る魔王が動きを止めていた。

「あっ……！」

まるで小鳥のような軽い音とともに、魔王の身体が地面に落ちる。ボロボロになった翼から抜けた羽根が宙を舞い踊《おど》る中で、魔王の身体は地面に倒れていた。

歩み寄った悠弦は、魔王の身体を足で蹴《け》り上げて仰向《あおむ》けにし、胸元《むなもと》の核を踏《ふ》みつけた。

「つかさ！」

そう呼びかけてみても、魔王は瞼《まぶた》を閉じたまま動かない。気を失っているのだろうか。

悠弦は疲労《ひろう》か、恐怖《きょうふ》か、あるいは興奮か、こめかみから頬に汗《あせ》が滲《にじ》んでいた。だが狙《ねら》いは正確で、突《つ》きつけた銃の照準はしっかりと核に向けられていた。

あとは、その真っ赤な核に弾丸を撃ちこみ、打ち砕《くだ》くだけ。

「終わりだ。その座は俺がもらう」

「やめろっ！」

悠弦の人差し指が引き金を絞ろうとした時。

ヒュッ。トッ。——パキ。

矢が風を切る静かな音と、矢が何かに当たる音。そして、何かが割れるかすかな音。

パチリと、魔王の瞼が開く。

「終わるのは、あなた」

淡々《たんたん》と響く声。その顔にも感情はなく、ただじっと悠弦を見つめている。

宙に舞《ま》っていた羽根は赤い光の矢となり、悠弦に襲《おそ》いかかった。

「っ……!」

赤い矢は悠弦の背中から胸を貫《つらぬ》き、そして正確にアミュレットの石を射貫《いぬ》いていた。魔王の核に、その残骸《ざんがい》がパラパラと落ちている。

ボロボロになった魔王の翼が動いた。踏みつけている悠弦などいないかのように押し退《の》け、再び上空へ舞い上がった。

悠弦の身体は抵抗《ていこう》することもなく、力なく地面に倒れた。

「悠弦先輩《せんぱい》っ！」

護が悠弦の元へ駆《か》け寄る。疾斗もその後を追うが、悠弦がもう助からないことはここから見てもわかっていた。

「先輩！　悠弦先輩っ！　しっかりしてください！」

護が悠弦の身体を起こしたが、彼は護を見ずに、自分のアミュレットを摑んで見下ろした。既《すで》に石は残骸さえもなく、穴の開いた血塗《ちまみ》れの台座だけが、彼の手のひらにあった。

「……なあ、護。疾斗。俺は、負けたのか……？」

「先輩……」

護にとって悠弦は恩人だ。裏切られても、その恩がなくなるわけではない。護は何も言えないようだった。代わりに疾斗が彼の問いに答えた。それが優《やさ》しさか、悔《くや》しさや恨《うら》みからくるものなのかは、自分でもよくわからなかった。

「ああ。あんたの、負けだよ」

疾斗がそう答えると、アミュレットを見つめていた悠弦の目が、ひたと疾斗を見た。

「くっ……はは……！」

悠弦の口元から、赤い液体とともに笑い声が零《こぼ》れる。

「負けたのか、俺……。こんな感覚、初めてだ――」

台座を握《にぎ》りしめたのを最後に、悠弦の姿は跡形《あとかた》もなく、忽然《こつぜん》と消えた。

「悠弦、先輩……っ！　何で……」

護の疑問は、どこからだろう。悠弦の様子が変わってしまったことか、裏切ったことか、魔王を倒《たお》そうとしたことか。そして返り討《う》ちにされたことか。

疾斗は消える直前の悠弦の表情に、複雑な気分になる。

信頼《しんらい》していた功樹と護を裏切り、銃を向けた。その行為《こうい》は許せるものではない。だがそれでも、消えていいはずがない。

しかも……その最後が満足そうな笑顔《えがお》なんて、わけがわからなかった。

（もっと悔しがれよ、くそっ……！）

負けることも間違《まちが》ったことも、自他共に許されず、許さなかった悠弦には、敗北さえも初めて得られる感情だったのだろうか。


ヒュッ。

風を切る音に、疾斗はハッとして上空を見上げた。矢が放物線を描《えが》いてこちらへ向かっているのを見て、咄嗟《とっさ》に剣《けん》を手にして薙《な》ぐ。

幸い一本だけだった矢は、叩《たた》き斬《き》ることができた。だが、もし無数の矢を雨のように放たれれば、疾斗一人では防ぎきれない。戦うにしても、魔王は上空を飛んでいて、疾斗の剣は届かない。

（でも、さっきは護を庇《かば》ってくれた……もしかしたら……）

疾斗は上空に浮遊《ふゆう》する魔王を見上げ、叫《さけ》んでいた。

「つかさ！　わかってるんだろ、俺達だって！　護のこと、庇ってくれただろ!?」

そうでなければ、悠弦の銃弾《じゅうだん》を受けたりしないはずだ。

魔王は疾斗の言葉には反応せず、指先に赤い光を灯《とも》す。

光が大きくなって、無数の矢が飛んでくる直前、魔王は何かをこちらに呟《つぶや》いていた。だが距離《きょり》も開いており、小声でうまく聞こえない。

「――すのは、私だから」

その言葉を言い終わったのが合図かのように、光が大きくなった。

「くそっ……！」

疾斗は護とともに建物に向かって走った。だが背後から次々に矢が放たれてくる。行く手も阻《はば》まれ、元来た道を戻《もど》ろうとした瞬間《しゅんかん》。

「疾斗っ‼」

叫び声の直後、護が疾斗に向かって飛びかかってきた。疾斗は受け身も取れず、背中から倒れ、その上から護の身体《からだ》がのしかかってきた。

「ってえ……！」

衝撃《しょうげき》で頭がクラクラして、思わず目を瞑《つぶ》る。

「……ごめん……」

弱々しい護の声に、疾斗は目を開ける。倒れた疾斗の上で、護が起き上がろうと地面に左手を突いた。右手はぎゅっと胸元で握られていたが、その手は真っ赤に染まっていた。

護の向こうに、何かに突き刺《さ》さった多数の矢羽が見えた。

「護っ……？　嘘《うそ》だろ、やめろよ……！」

「疾斗……アミュレット、だけは……」

護は疾斗を見ているが、目の焦点《しょうてん》が合っていない。それでも疾斗に向かって言った。

「ごめんね、疾斗……僕、もう……」

(何でそんな、最後みたいに……)

護の瞼が落ちるように閉じ、疾斗の上に力なく倒れ込んでくる。受け止めようとした疾斗の身体から、一切《いっさい》の重さがなくなった。

「護……？」

視界が晴れ、暗い空に舞《ま》う魔王が見えた。逆光で、その表情は見えない。いや、きっと表情なんてないのだろう。それでもその姿を睨《にら》みながら、疾斗は立ち上がった。

「っ何で、護を……！　さっき護のこと、庇ってくれたんじゃねえのかよ！」

喉《のど》が痛くなるほど大声で叫ぶと、魔王《まおう》の翼《つばさ》が動いて、落ちるように地上に下りてきた。

疾斗から少し距離を開けたところで、ふわりと止まる。

疾斗は警戒《けいかい》したが、魔王はその場を動かず、感情のない声で淡々《たんたん》と言った。

「――正道護を倒すのは、私」

疾斗の言葉は届かないのかもしれない。――もう、つかさの心はないのかもしれない。

それを証明するように、魔王はその場で疾斗を指さし、赤い光を指先に灯す。

逃《に》げるしかない。疾斗は魔王に背を向けた。

――疾斗……アミュレット、だけは――

（そうか……っ。アミュレットさえ守れば、コンテニューできる……！）

疾斗は護の言葉を思い出して、胸元《むなもと》のアミュレットをぎゅっと握りしめる。

一歩足を踏《ふ》み出したところで、何かが背中にのしかかっているような、重い衝撃があった。あとから思えば、それは無数の矢が勢いよく疾斗の背中に刺さったのだろう。

衝撃のまま、疾斗の身体は前方に飛び、地面に叩きつけられるようにして倒れた。

目を薄《うす》く開けると、赤いルビーのような目が、こちらを見つめていた。

「つか、さ……」

痛みを感じる間もなく、疾斗の意識が暗転する。

『勇者、ハヤト。体力ゲージが０《ゼロ》になったため、「Lv99」から強制ログアウトとなります。なお、コンテニューする場合は、スマホから石をタップしてください――』

第九章

僕がモンスターになったら

身体は柔《やわ》らかいシーツに包まれ、頭は慣れた枕《まくら》に置かれている。

意識がはっきりと覚醒《かくせい》し、疾斗は飛び起きる。

「ここ、は……」

疾斗の呟きに被《かぶ》さるように、けたたましい目覚ましアプリの音が響《ひび》く。疾斗は即座《そくざ》にそれを止め、『Lv99』のアプリを起動させる。答えはほとんどわかっていた。

起動した『Lv99』には、血のように赤い『YOU DEAD』の文字で塗《ぬ》りつぶされた、アバターの疾斗の顔。そして『GAME OVER』の文字があった。

まだここは、ゲームの中だ。

「……くそっ！」

思わずスマホをベッドから投げそうになったが、疾斗の冷静な部分がその手を止める。このスマホが壊《こわ》れたら、どうなるかわからない。代わりに枕を殴《なぐ》りつけた。その直後。

『疾斗！』

窓の外から声が聞こえた。

「え……？」

もう一度スマホを確認《かくにん》する。日付は『Lv99』の世界に行った日と同じだ。ゲームの延長なら、同じ日が繰《く》り返される。この朝に誰《だれ》かが来るなんてあり得ないはずだった。聞き間違《まちが》いかと思った疾斗を否定するように、もう一度その声が疾斗を呼んだ。

『疾斗！　いないのか⁉』

ベッドのそばの窓を開け放つと、疾斗の部屋を見上げている護がそこにいた。ゲームの世界でボロボロだった制服は、綺麗《きれい》に戻《もど》っている。白いアミュレットもつけていない。

「……よかった、いた……」

護は膝《ひざ》に手を突《つ》いて大きく息を吐《は》いた。

繰り返しのはずの一日の中で、護が違う動きをしている。

「護……お前、何で……？」

状況《じょうきょう》が理解できない。そんな疾斗の心境を見透《みす》かしたのか、護は笑った。

「とりあえず、ここだと話しにくいから、玄関《げんかん》開けてよ」

「あ、ああ……わかった」

急いで部屋を出て玄関のドアを開けると、安堵《あんど》した顔で笑っている護がいた。

「護……だよな？」

「うん。ちゃんと護だよ。そういう疾斗こそ、疾斗だよね？」

護は疾斗の声を聴《き》き、質問を理解し、こちらに答えを返している。しっかりと会話はできている。なら、目の前の護は、本物だということだ。

護にはゲームの世界での記憶《きおく》がある。護と記憶を共有できていることにホッとした。

「ゲームはまだ終わってねえんだな」

「うん……まだ終わってない。この世界は言わば、コンテニュー画面だよね」

護もポケットからスマホを取り出して『Lv99』を起動する。疾斗と同じく、『YOU DEAD』と『GAME OVER』の赤い文字があった。

「俺達以外の、三人は――」

そこまで言って、疾斗は言葉を止める。護が顔をうつむかせたからだ。苦痛の表情を隠《かく》すために。そしてそのまま首を横に振《ふ》る。

つかさは魔王《まおう》になった。功樹と悠弦は、アミュレットを射貫《いぬ》かれて消えてしまった。

「僕は、また、守れなかった……」

護はうつむいたまま、ぽつりと呟《つぶや》いた。その直後、ハッとして顔を上げ、誤魔化《ごまか》すように笑った。

「ダメだな、やっぱり。疾斗といると……強がれないや」

「別に、もう強がらなくていいだろ」

疾斗がそう言うと、護は驚《おどろ》いた顔で疾斗を見つめてきた。

「何だよ、その顔。俺だってもう事情はわかってるんだ。強がったり、感情隠したり……

そういうのはもうやめろって言っただろ」

護は強い。

あんな異常な世界を何度も繰り返して、たった一人ですべてを背負って戦ってきた。今
回だって自分達を身体的にも精神的にもダメージがないように守ってくれた。

でも、傷つかないはずがない。これまでも守れず、取りこぼしてきたものがあったのだ
ろう。少なくとも疾斗の前で、強がる必要なんてない。疾斗が護にそうされたように、今
度は疾斗が護を支えて、守りたかった。

「俺が頼《たよ》りねえのはわかるけど、一人よりはマシだろ」

護を見ると、その瞳《ひとみ》が涙《なみだ》で揺《ゆ》れた。その涙がこぼれ落ちる前に、護は目元を拭《ぬぐ》った。

「そうだった……ありがと。疾斗がいてくれて、よかった」

普段《ふだん》なら恥《は》ずかしいと突っぱねるのだろう。しかしそれが護の心からの気持ちだとわかってしまうと、疾斗は何も言えず、顔を逸《そ》らす。

「……っとにかく！　これからどうするか考えるぞ。何の対策もないまま、戻れねえだろ」

疾斗が上がり框《がまち》に座ると、護も隣《となり》に座った。

「そうだね。……もう僕の、『伝説の剣《けん》』はない」

魔王を倒《たお》して疾斗と護だけ帰るという選択肢《せんたくし》はなくなった。

「最初から俺達にあるのはつかさを元に戻して、一緒《いっしょ》に帰るって道だけだ」

「うん、疾斗は、それしか考えてないもんね」

ちらりと、護の横顔を見る。あの剣は恭子の名残《なごり》だった。それを失ってしまったが、護は毅然《きぜん》としていた。悲しさはあるだろう。それでも、護は前を見据《みす》えている。

とはいえ、つかさを元に戻して帰れるというたしかな方法はない。

「プログラム自体をぶっ壊す……とかか？」

「それは僕も考えたけど、つかさや僕達の安全は保証できない。もしかしたら僕達も帰れなくなるかもしれない。それに毎回探すけど、そういうものはないんだよ。プログラムだとわかるのは、あの音声ぐらいなんだ」

疾斗が思いつくことなど、護はもう考え尽《つ》くして、試《ため》しているのだろう。

護が大きくため息を吐《つ》いた。

「本当のゲームみたいに、裏技《うらわざ》でもあればいいのにね」

冗談《じょうだん》めかして言う護の言葉に、疾斗は何かが引っかかった。

「……裏技……」

(ゲームの……『Lv99』の、裏技……?)

疾斗は自分の身をゲームの世界に投じている。手のひらには収まりきらないその世界の規模に圧倒《あっとう》されていた。しかしあの世界は、スマホゲームである『Lv99』と通じている。

「ここは、ゲームの世界で、現実じゃない……ゲームとして考えれば……」

それなら――

「ある……」

疾斗はほとんど無意識に声を発していた。護が目を丸くして疾斗を見つめてくる。

「え？　何が？」

「ある。『Lv99』の裏技。……バカだ、俺、何で今まで思い出せなかったんだ！　そうだ、これは『Lv99』っていう、ゲームだ！」

見出《みいだ》したわずかな希望に、疾斗の声が上ずり、震《ふる》えた。思わず護の腕《うで》を摑《つか》んでいた。

「護。つかさを元に戻せるかもしれない……！」

「え……？　本当に⁉」

疾斗の気持ちが伝染《でんせん》したのか、護は一度微笑《ほほえ》みを浮《う》かべた。

「どんな、裏技？」

護が疾斗を、希望の目で見つめた。その目の輝《かがや》きを見て、疾斗は決意する。ずっと絶望していた護の瞳に、やっと希望が宿ったのだ。

やるしかない。

疾斗は一瞬《いっしゅん》だけ小さく笑って、護に裏技の内容を話す。

「核《かく》に剣で名前を刻みつけるんだ。うまくできると、弱体化……というか、進化した奴《やつ》が、進化前の姿に戻《もど》る。これがうまくいけば、つかさを戻せると思う」

「本来なら、倒しやすくなる裏技？」

うなずいてから、疾斗は胸中で言葉を続ける。

（それだけじゃ、ねえけど……）

護は表情を明るくして疾斗の話を聞いていたが、すぐに不安げに目を細める。

「疾斗を疑ってるわけじゃないけど、僕だってそんな裏技知らないよ？」

「俺も調べたけど、やってる人がいないらしい。ネットでも雑誌でも、情報が出てない。俺も暇《ひま》な時に気まぐれでやったらできただけだし、何回やっても未《いま》だに失敗も多いし……」

「──ねえ、疾斗」

呼びかけてきた声は厳しかった。だがそれだけではなく、感情がないように聞こえて、疾斗は内心心臓が跳《は》ねた。また感情を無理矢理《むりやり》押し殺しているのかと。

しかし護の顔を見ると、彼は目を細めて疾斗を睨《にら》むように見つめていた。

「疾斗はその裏技、何回も試してるんだね？　何回もやるなんて、うまみがなきゃやらないよね？　その裏技、本当に敵の弱体化だけが目的なの？」

護の瞳がじっと疾斗を見つめ、心を見透《みす》かそうとしていた。

「もしも僕が疾斗と同じことをするって言ったら、疾斗はＯＫした？」

疾斗は護の色素の薄《うす》い瞳から目を逸らさない。何を言えばいいかわからない。嘘《うそ》もつきたくなくて、唇《くちびる》を閉じる。

この裏技が成功し、それでつかさが魔王から元に戻ったとして――

（そしたら、俺は……）

この裏技は、敵を弱体化させるだけではない。

でも、他《ほか》に方法がない。

先に視線を逸らしたのは護だった。うつむき、疾斗の腕を摑んだ。

「疾斗は、僕を傷つけたくないんだろ？　疾斗が危険なら、その方法もなしだよ。友達が……大事な人がいなくなるのは、僕はもう嫌《いや》だ。そんな傷つき方、二度とごめんだ」

護は痛いほどに強く腕を握《にぎ》ってくる。

（きっと……いや、絶対成功させないといけない。じゃないと、つかさは戻ってこない）

「護」

呼びかけると、護はハッとして疾斗を見て、腕からゆっくり手を離《はな》した。

「危険だから、お前がやるって言ったら止めてたかもしれない。でも俺は、つかさに助けてって言われたんだよ」

護の腕を、今度は疾斗が掴む。顔を上げた護の目を、疾斗はまっすぐ見つめた。

「お前だって、やるだろ。同じ状況《じょうきょう》なら」

止められない衝動《しょうどう》を、護は知っている。——誰《だれ》かを好きになるという感情を。

「……でも……っ。僕は、つかさも大事だけど、疾斗だって大事なんだよ！」

「わかってるよ。でも、他につかさを取り戻す方法がない。危険でも、やるしかないだろ」

護もわかっているはずだ。でも、納得《なっとく》できない。護の葛藤《かっとう》も、痛いほどわかる。

今までもこれからも、護は唯一無二《ゆいいつむに》の存在だ。

だから疾斗は護にこう言った。

「俺はどこにも行かねえよ」

護の目元が赤くなる。泣くかと思ったが、彼は大きく息を吸いこみ、息を吐《は》き出しながらうなだれる。

顔を上げた時、目元はまだ赤かったが、護はまっすぐに疾斗を見つめていた。

「……疾斗のこと、信じるよ。裏切らないで」

あまりに強い視線に、疾斗は思わず身を引きそうになった。だが少しでも引き下がってしまったら、護の覚悟《かくご》に負ける気がした。全身に力を入れて、護の視線を受け止める。

そして、疾斗は護に笑ってみせた。少しぎこちないのは自分でもわかっていたが、いつもの調子を取り戻したかった。

「裏切ったことなんかねえだろ、バカ」

「あるよ。ゲームの協力プレイでよく裏切るじゃん」

疾斗の意図に気付いたのか、護もいつもの調子で返してくる。

最初はぎこちなくても、長期間ロクに口も利《き》いていなくても、関係ない。時間やわだかまりなんて一瞬でなくなって、疾斗と護の距離《きょり》はすぐに戻る。

二人でなら何でもできると、根拠《こんきょ》のないその気持ちを信じこむ。

「――コンテニューする前に、魔王《まおう》がどこに現れるか、考えておいた方がいいと思う」

会話が途切《とぎ》れた一瞬で、前触《まえぶ》れなしに会話が切り替《か》わったが、疾斗もすぐに頭を切り替えてうなずいた。

「だな。でもお前、見当つくのか?」

疾斗にはまったく見当がつかない。護は少し考えてから言った。

「あの世界は、魔王になった人間の趣味《しゅみ》嗜好《しこう》から構成されるって、僕言ったっけ?」

「ああ。だから前の魔王の時と、つかさの時では世界が違《ちが》うんだろ？」

「そう。たぶんあそこは、つかさのすべてがつまった世界なんだ。だからきっと、つかさの好きだった場所とか、安心できる場所にいるんじゃないかって、思うんだけど……疾斗、心当たりある？」

「ンなこと言ったって……ロクにしゃべったことねえんだって」

「あ、そっか……そう、だったね……」

急に護の声のトーンが落ち、疾斗は不思議に思って彼の横顔を見る。

「……あんなに、仲良かったのに」

その横顔にさみしさが宿るのを、疾斗は見ていることしかできなかった。

(そうか……護は、俺も覚えてない、俺とつかさの思い出を覚えてるんだ……護だけが)

一人だけ覚えているその記憶《きおく》は大切なもののはずだ。だが、今は護の孤独《こどく》を助長するだけのような気がした。

「俺が覚えてないのは、こんなゲームがあるからなんだな」

「……どうして、こんなゲームがあるんだろうね」

疾斗の言葉に、護も気を落とした様子でぽつりと零《こぼ》した。

「何でって……誰かが俺達が苦しむのを見て楽しんでるんじゃねえの」

「なら、記憶を消す必要なんてあるのかな……？　苦しむのが見たいなら、ゲームをクリアしても覚えていた方がつらいんじゃないかな」

「まあ、それはそうだけど……」

護の言葉を聞いて、ふと疾斗はゲームの記憶について気になっていたことを思い出す。

「そういえばお前、ゲームをクリアしたら俺達は何も覚えてないって言ってただろ？　あれ、どういうことだ？　消えるのは魔王になった人の記憶だけじゃないのか？」

――……僕が一人でクリアしていれば、このゲームの記憶は現実の世界に戻った瞬間《しゅんかん》に消えてたから……。僕が魔王を倒《たお》せていれば、僕以外みんな何も覚えてなくて、普通《ふつう》の日常に戻れたはずなのに！　なのに……っ。

「ああ……ゲームをクリアして現実に戻ると、ゲームのことはすべて忘れてるんだ。魔王を倒してYESって言わずに帰れば、ね。一度同じ学校の子がいたんだけど、現実に戻って会った時、何も覚えてなかったから間違いない」

「だからあの時、何も言わずに帰れって言ってたんだな」

そして護は何度もそうしてきたのだろう。一人で魔王を倒して歪んだ世界を終わらせ、他のプレイヤー達は何も覚えておらず、安穏《あんのん》とした日常に戻《もど》る。

「あれ？　じゃあ、何でお前は覚えてるんだ？」

「……ゲームをクリアした報酬《ほうしゅう》に、望みを聞かれるんだ。ゲームが叶《かな》えられることなら何でもひとつだけ。疾斗達もあのまま現実に戻っていたら、報酬をもらっていたはずだよ。まぁ、報酬をもらったという記憶も消されてしまうから、今までの人達がどんな報酬をもらったかは、僕も知らないんだけど」

「ああ……そういえば、望みが叶うって言ってたな」

初めてこのゲームに巻き込まれ、恭子を倒した後、護は『恭子のことを覚えていたい』と望んだと聞いている。だから護はずっと恭子のことも、このゲームのことも覚えている。

そこで疾斗は気付く。

「まさか……ゲームクリアする度《たび》に、『魔王のことを覚えていたい』って望んだのか？」

「うん……誰が魔王になって、僕は誰を倒したのか、覚えていなきゃいけないと思って」

護の声も表情も落ち着いている。だが、何か無性《むしょう》に不安になった。

「何で……そんな……」

「僕が倒したんだ。……彼らを、殺したんだよ。でも誰も覚えてない。罰《ばっ》してくれる人もいない。だからせめて、倒した僕が覚えていないと……報《むく》いにも、ならないから」

不安に思う原因は、護が落ち着いているからだ。必死に感情を押し殺している。その表情に耐《た》えられず、疾斗は怒鳴《どな》っていた。

「っそんなの、お前のせいじゃねえだろ！　こんなクソみたいなゲームのせいだ！　お前は……お前がやれる最善のことをやってるだけだろ。罰なんて……」

「そうかもしれない。でも、僕はそれじゃ……納得できないから」

もう感情を殺しているわけではなかったが、護のその声は沈《しず》んでいた。

一体何をすれば、護はこの苦しみから逃《のが》れられるのだろう。

(何で、こんな異常なゲームで、俺達が苦しまなきゃいけねえんだよ、クソ……！)

ただ、ゲームを楽しんでいただけ。普段の日常をゲームの楽しみで彩《いろど》ったり、現実の鬱《うっ》憤《ぷん》を晴らしたり、つかの間忘れたり。そんな些《さ》細《さい》な楽しみ方をしていただけだったのに。

沈黙《ちんもく》の中で護が顔を上げ、疾斗に少し無理をした笑《え》みを向けてきた。

「……今こんなことを考えてても仕方ないよ。疾斗の言う通り、今できる最善のことをしなきゃ」

「そう……だな」

考えなくてはならないことだが、ここにずっといるわけにもいかない。護の言葉に、疾斗は話を戻す。

「つかさが安心できる場所……か……」

ダンジョンのベースは疾斗達が通っている勇城高校《ゆうじょう》の校舎のようだったが、そこに鮮《あざ》やかなパステルカラーを取り入れた、遊園地のような世界。きっとつかさの好きなことがつまっているのだろう。

（あれ……？）

ふと、疾斗は違和感《いわかん》を持つ。その正体に気付くと同時に、疑問を口にしていた。

「なあ。あの世界には、つかさの嫌《きら》いなものはないのか？」

「ないこともないと思うけど、可能性は低い気がする。どうして？」

少しだけ考えこんでから、疾斗は護に言った。

「……あの世界に戻る前に、ちょっと確認《かくにん》したい場所がある」

疾斗は立ち上がり、玄関《げんかん》のドアを開けようとしたが、護が慌《あわ》てて止める。

「ちょ、ちょっと待って、疾斗。ここはたしかに、誰《だれ》も僕達を認識しないだろうけど……」

疾斗が見下ろすと、護は微妙《びみょう》な笑みを浮《う》かべていた。

「その格好のままで行くのは……どうだろう？」

自分の身体《からだ》を見下ろすと、まだTシャツとジャージの寝間着《ねまき》姿だった。

すぐに制服に着替《きが》え、疾斗は護とともに学校へ向かった。

この世界――コンテニューの世界とでも言えばいいだろうか。ここはゲームの延長ではあるが、構造は現実世界と同じはずだ。

（なら……アレがどうしてあの世界にあったのか、確かめておきたい）

ちょうど登校の時間と被《かぶ》り、生徒達は昇降口《しょうこうぐち》に吸い込まれていく。何気なくそこに目を遣《や》ると、つかさの友人達を見つけた。きっと彼女達は、また決まった一日を繰《く》り返すだけだ。『あの日』彼女達は昇降口でつかさに呼びかけた。

「疾斗？」

足を止めた疾斗に気付き、護がこちらを振《ふ》り返ってくる。

疾斗はつかさの友人達を見つめていた。彼女達は誰も居ない場所に——今までならつかさがいたはずの場所を見つめて手を挙げ、つかさに呼びかける。

「[redacted]ー！」

リップを塗《ぬ》った綺麗《きれい》な唇《くちびる》から発せられたのは、耳が痛くなるほどのノイズと不協和音。

疾斗は思わず耳を塞《ふさ》いだが、声を発した本人も周りも平然としている。

「っ……何だ、今の……!?」

彼女はおそらく、つかさの名前を呼んだ。だがそこにつかさはおらず、その声もひどいものになっていた。護を見れば、彼も疾斗と同じように顔をしかめていた。

「彼女達は、そこにつかさがいるものとして動いてる。でも、もうこの世界につかさはいないから、ああして名前が聞こえなくなってる」

「バグみたいな処理になってるってことか？　心底、胸糞《むなくそ》が悪いな」

「…………」

決まった通りに動く生徒達を見つめながら、護は黙《だま》っていた。

「おい、護」

「あ……ごめん。大丈夫《だいじょうぶ》だよ」

呼びかけると、護は疾斗に微笑《ほほえ》む。つらいという思いを表情に出さないように、無理に笑っていた。強がらなくていいと言ったが、護はもう苦痛を隠《かく》すことが癖《くせ》になっているようだった。それも当然だ。護は何度もこんな思いをして、それを隠し続けていたのだから。

「つかさを取り戻せば、もうこんな世界にも来なくていい」

疾斗がそう言うと、護は目を瞬《まばた》かせた。疾斗を見つめてくる彼の目にあるのは、もう強がりではなかった。

「うん……そうだよね。今回は、その手立てがあるんだ。何としても、つかさを取り戻すんだ。僕は守らなきゃ、恭子との約束を」

強くて固い、絶対に揺《ゆ》るがない意思がそこにある。

護は強い。強がっているのではなく、強い。そんな親友が羨《うらや》ましくて、誇《ほこ》らしい。でもちょっとだけ妬《ねた》ましくもあって、疾斗は護の足を軽く蹴《け》った。

「いった！　な、何するんだよ！」

「確認したいとこ、こっちだから。ぼーっとすんなよ」

「蹴らなくてもいいだろー!」

疾斗が向かった先にあるのは、体育館の隣《となり》にある屋外プールだった。夏場は主に水泳部が使っている。体育の授業では数回入った程度で、疾斗はほとんど馴染《なじ》みがない。

「ここって……」

「つかさとマルチプレイした時、水中エリアが苦手だって言ってたんだよ。昔、海で溺《おぼ》れて、今も水が苦手だからって」

疾斗はじっとプールを見つめたまま、つかさとの会話を思い出していて、護の表情にまでは気が向かなかった。

まじまじと見たことはなかったが、いつも目に入ってはいた場所。

「やっぱり、同じだ。あの世界にも、このプールがあった。水が苦手なら、プールなんてなくしてしまえばいいのに、何でこのプールがあったんだろうと思ってたな」

ゲームの水中エリアでさえ苦手意識が出るほどなのに、プールは平気なのだろうか。考えこむ疾斗の言葉に、護が反応してこない。ふと隣を見ると、護の姿がなかった。護は疾斗の少し後ろで立ち止まり、うつむいていた。

「護？」

疾斗が呼びかけるとぴくっと肩《かた》が動いたが、護はうつむいたまま、口を開く。

「……つかさは、水が苦手だったんだけど、さ……」

強く握《にぎ》った拳《こぶし》も、絞《しぼ》り出すような声も、震《ふる》えていた。護のその様子で、ここがつかさにとって意味のある場所なのだと気付く。疾斗は静かに護の言葉を待った。

「恭子は……水泳部のエースだったんだよ」

意外な答えに、疾斗は目を瞠《みは》った。

双子《ふたご》だからといって、姉の恭子までもが水が苦手なわけではないだろうが、まさか水泳部だとは思わなかった。

「昔家族で海に行って、恭子は泳ぐ楽しさに気付いたんだって。反対に、つかさは溺れたから水が怖《こわ》くなっちゃったんだって、前に言ってた。……つかさにとって、プールは恭子の象徴《しょうちょう》なんだよ、きっと」

「それで……プールがあったのか。じゃあ、プールにいる可能性もあるってわけか」

「うん、そうだね。あ、でも、つかさは水が苦手だから……どうだろう？」

「そうか、つかさ自身は、近づきたくねえか」

そう言ってから、疾斗の頭に、ある考えが過《よ》ぎった。

「……いや、でもこれ、最低じゃ……うーん……」

「疾斗？」

自分の考えに嫌気《いやけ》が差し、疾斗は護の呼びかけにも応《こた》えず、頭を抱《かか》えた。少しでもこの淀《よど》んだ気持ちを吐《は》き出すようにため息を吐《つ》いてから言った。

「……あの魔王《まおう》を動けなくする方法、思いついた」

護は目を瞠ってから、真剣《しんけん》な表情をして言った。

「話して」

護の真剣な表情に押され、疾斗はその最低な方法を話した。

魔王の動きを止める方法に、護はあっさり乗った。だが、うまくやれる自信も、成功したとしてもうまくいく確証もない。しかし、他《ほか》に方法があるとは思えなかった。

疾斗はコンテニューのためにスマホを取り出す護に再度確認《かくにん》する。

「本当に、いいのかよ？」

「他に方法もないし、僕もそれが一番良いと思う」

護の言葉に、疾斗はようやく決心がつく。こうして誰《だれ》かが肯定《こうてい》してくれることで、少しでも自信が持てる。この感覚も、護と離《はな》れていて忘れていた。

「それじゃあ……コンテニュー、しようか」

疾斗もスマホを取り出して、『Lv99』を起動した。

スマホの中で光る黄色の石。その時、一度コンテニューした時にはなかったヒビのようなものに気が付く。コンテニュー前にはなかったもの。そして、この石はアミュレットの石と同じもののような気がした。

(あれ……？)

疾斗は護のスマホを覗《のぞ》き見る。てっきり同じ黄色の石が光っているのだと思っていたが、護のスマホには白い石があった。光ってはいるが、石自体は無数のヒビが入っていた。

護の横顔は強張《こわば》っている。その表情の硬《かた》さは何か引っかかるものがあった。決意だけではなく、緊張《きんちょう》と恐れがわずかに窺《うかが》える。ゲームの世界に飛びこむことに、疾斗も当然恐れはある。だがその恐れは、根本的に疾斗とは違《ちが》う気がした。

「――待て」

護の腕《うで》を掴《つか》むと、彼はビクッと肩を震わせ、驚《おどろ》いた顔で疾斗を見つめてきた。

「びっくりした……何？　どうしたの？」

「この石って、やっぱり、あのアミュレットの石だよな？」

疾斗の言葉に、護は少し気まずげに視線を逸《そ》らす。

「たぶん、ね」

「お前の石、もうボロボロじゃねえか。お前がつけてたアミュレットもそうだった」

アミュレットの石は自分の身体《からだ》よりも重要なものだと判明した。そしておそらく、コンテニューする度《たび》に石にはヒビが入るのだろう。ヒビが入り続ければ、当然石は砕《くだ》けてしまう。――護の石は、その一歩手前に見えた。

スマホを持つ疾斗の手が震え始めた。

「お前、今まで何回コンテニューした？　これで石が割れるなんてこと、ないだろうな？」

――ごめんね、疾斗……僕、もう……。

ゲームオーバーになった時の、まるで最後のような護の言葉を思い出す。

護が心境をすべて明かし、安心したと思ったのに、また不安になる。護は黙《だま》ったまま、じっとスマホの中で輝《かがや》く石を見つめていた。

「おい、護！」

「……正直、今回のゲームがスタートした時、これが最後だと思ってた」

全身から血の気が引いた。身体の奥底が、ぞくりと嫌な寒さを訴《うった》える。寒い。なのに、全身から汗《あせ》が噴《ふ》き出し、心臓が痛いほどに脈打つ。

最後という言葉が、『人生の最期《さいご》』――そんな風に聞こえた。

「お、まえ……っ、何で……！」

やっとの思いで声を発し、疾斗は護の胸《むな》ぐらを掴んで叫《さけ》んでいた。だが、それ以上声は出なかった。

何で言わなかった。何でそんな状態でもう一度挑《いど》もうとする。何でそこまでする。

喉《のど》の奥まで言葉は来ている。だが、疾斗はその言葉を口にはできなかった。

護は大事な人を失った。

今、疾斗は護を失っていたかもしれないという恐怖《きょうふ》を味わっている。本当に失えば、これ以上の恐怖と絶望が疾斗に襲《おそ》いかかる。

護は今疾斗が感じている恐怖以上のものを味わった。これ以上、そんな思いをしたくはない――そんなことは容易に想像が付く。

わかっている。言ったところで、きっと護は歩みを止めない。それでもこれだけは、言いたかった。言わなければいけなかった。

「お前が消えたら、俺がどうなると思ってんだよ！　やめろよ！　お前は、俺の親友なんだぞ！　勝手に殺そうとすんなよ！」

荒《あら》く息を吐く疾斗の手をそっと離《はな》して、護は冷静に口を開いた。

「……そう、だね。僕は、僕を大事にしてなかったのかもしれない。でも……わかっていても、僕の選択《せんたく》は変わらなかった。疾斗とつかさがいるかもしれないって思ったら、放《ほう》っておけなかった。……結果、いたしね。いてほしくなかったけど」

「最初にあの世界で会った時に、お前が怒《おこ》ってたのは……八つ当たりか？」

「……うん、ごめん。疾斗とつかさは悪くなかったんだけど……」

温厚《おんこう》で、何かをしても人のせいにはしない護が「八つ当たり」をしたということに驚く。それほど、あの時の護には余裕《よゆう》がなかった──もしかしたら、あれで最後だったかもしれなかったから。

「けど、結局……全部、失敗しちゃった」

護の口元は上がっている。だが、決して笑っているわけじゃない。声は今にも泣きだしそうに震《ふる》えている。

「全部じゃねえだろ」

護が命懸《いのちが》けでしてきたことを、無駄《むだ》にしたくはない。無駄じゃなかったと思わせたい。

「お前に守られたから、俺はここにいるんだろ」

疾斗の言葉にハッとして、護は笑った。

「うん。そうだった。疾斗がいるから、つかさも、元《もと》に戻れるかもしれないんだ」

笑った護の目に、強さが戻る。射貫《いぬ》くように、その目が疾斗を見つめてくる。

「だからさ、疾斗。ここで僕に、つかさのことを諦《あきら》めさせないで」

今度こそ最後かもしれない。それは、護が消えてしまうかもしれないということ。

「っ……！　けど……」

「消えてもいいなんて、今はもう思ってない！」

疾斗の言葉を打ち消すような声と目が、疾斗に口を噤《つぐ》ませる。

「僕は絶対、疾斗とつかさといっしょに帰りたいんだ！　何度もゲームに参加して、その度に僕は絶望するだけだった。でも今、やっと一人、それも、僕達の大事な人を救えるかもしれないんだ。諦めさせないで」

護の声と視線の強さに、疾斗の中の恐怖が薄《うす》らいでいるのを感じた。

「本当に……コンテニューしたら、お前がいない、なんてことはないんだな？」

「今度こそ最後だと思う。次にあの世界で死んだら、僕は本当に消える。だけど、僕はもう諦めない。絶対に、全力で生きて、帰るよ」

考えがある。生きるという強い意志がある。一人じゃない。だからきっと成功する。疾斗は好きな人を取り戻し、護は好きな人との約束を守れる。

護は強い目はそのままに、不意に微笑《ほほえ》んだ。いつもの優《やさ》しくて温厚な、彼の笑顔《えがお》。

「それに、今僕は一人じゃない。疾斗がいる。だから絶対に大丈夫《だいじょうぶ》だって思えるんだ」

「……その言葉、絶対に忘れんなよ」

「うん」

護が笑ってうなずく。その笑顔に疾斗も力をもらう。きっと安心したかったのは、疾斗の方だった。

これで失敗したら、護を失ってしまう。だから護自身に大丈夫だと——生きると言ってほしかったのだ。彼自身の生きる意志を見せてほしかった。

不意に、護が小指を疾斗の目の前に差し出してきた。

「ねえ、疾斗。一つ約束しよう。……僕のためにも、疾斗のためにも」

護の色素の薄い目は、綺麗《きれい》に澄《す》んで、輝いてさえ見えた。それはきっと、彼の中に希望という光があるからだ。

「絶対に、みんなで帰るって」

昔はこうして約束をした。だが、もう子どもじゃない。だから疾斗はその指を掴《つか》んで逆の方向へ押し返した。

「ちょっ、痛い痛い痛い！　何すんの⁉」

護の小指を掴んだまま、疾斗は彼の目を睨《にら》むように見た。

「バーカ。約束するまでもねえんだよ。勝って、帰る。それしかねえんだよ、俺達には」

「……うん、そうだね！」

意外そうに目を瞬《まばた》かせた後、護は笑ってうなずいた。

(どんな結果になっても、絶対に俺は元の世界に帰る。じゃなきゃ、護を無事に帰しても、つかさを取り戻しても、意味がないんだ。叶《かな》うなら……)

記憶《きおく》からは消えてしまった友達――護の想《おも》い人でもある恭子も、取り戻したい。

全部が護の記憶のように、楽しい日々に戻したい。

疾斗が摑んだ護の指を離すと、ふと何かに気付いたような顔をした護が、疾斗の手を握《にぎ》ってきた。その手を見下ろし、疾斗はじとりと護を見る。

「……何だよこれ」

「こうしておけば、むこうでも離れないかなぁと。確証は全然ないけど」

「ねえのかよ」

こんな状況《じょうきょう》で照れくささも何もないが、少しだけ懐《なつ》かしい感覚が蘇《よみがえ》る。

護と手を繋《つな》いで走り出せば、どこにでも行けるような、根拠《こんきょ》のない確信を持てた。

護を見ると、疾斗と同じ心境なのか、嬉《うれ》しそうな笑みを浮《う》かべていた。疾斗は照れくさくて、ついふて腐《くさ》れたように視線を逸《そ》らし、悪態をつく。

「ゾッとしねえな」

「そうだよね、つかさと握りたいよね」

「ンなこと言ってねえっ！　つーかお前にそういう話題は突《つ》っ込みづらいからやめろ！」

「そういうとこ、疾斗はちゃんと優しいよねー」

護は疾斗の心境をすっかり見透《みす》かしている。彼相手に照れ隠《かく》しなんて無駄だった。

「クソッ……調子戻しやがって。さっさと行くぞ！　三！」

疾斗は照れ隠しの勢いに任せて、声を上げた。それに護も乗った。

「二！」

護の声には、絶望や恐怖よりも、希望が色濃《いろこ》くこめられていた。

「一！」

疾斗と護は同時に叫《さけ》び、直後、スマホの中で光る石をタップした。

『CONTINUE？』

トンッ——

目を覚ますと、そこは暗い部屋。また固い床《ゆか》に倒《たお》れていた。身体《からだ》が痛い。
「護……？」
起き上がって周りを見回すが、護の姿がない。
心臓がきゅっと縮まる。

手を繋いだ程度では、やはり別れてしまったのだろう。そう思いたい。でも、万が一、護がこの世界にいなかったら——

ギィ、とドアの軋《きし》む音が聞こえ、疾斗は身体をビクッと跳《は》ねさせる。

振《ふ》り返ると護がドアを開け、疾斗を見て微笑んだ。

「あ、疾斗。起きた？」

「おっまえ……いるんなら、言えよ……っ！」

言いながら、緊張《きんちょう》した身体から力を抜《ぬ》く。その反応に、護は疾斗の心境に気付き、慌《あわ》てて駆《か》け寄ってきた。

「ごめん！　ここがどこか確認《かくにん》してただけだよ。僕は何ともないよ！」

（よかった……）

護のアミュレットの石がこのコンテニューで砕《くだ》けなかったこと。一緒《いっしょ》にこちらに来られたこと。ひとまずの安心が得られた。

「……で？　ここどこだよ？」

「学校で言うと、僕の教室のあたりだと思う。正確な地図がないからわからないけど」

スマホを見るとホログラムが浮かび上がる。現在地の四角い部分だけが光っていた。

「じゃあ、だいたい学校の感覚で、進んでいけばいいんだな」

「うん。とりあえず周りにはモンスターはいないみたいだけど、気をつけて」

疾斗と護はまず、話していた通り、ダンジョンの構造を把握《はあく》するために警戒《けいかい》しながら歩き始める。歩いて確認していったところは、ホログラムの地図にも反映される。

こちらの世界の様子に、変わったところはない。パステルカラーを基調とした、遊園地のような世界。しかし辺りは薄暗《うすぐら》く、荒廃《こうはい》した空気を纏《まと》っている。

「やっぱり、学校と構造は似てるよね」

ホログラムに表示された地図を確認してから、疾斗と護はプールのある場所に向かう。やはりプールだけは、パステルカラーではなく、そのままそこにあった。

「やっぱり、いねえか」

プールに到着《とうちゃく》しても、魔王《まおう》の姿は見えない。つかさにとっては苦手な水場には、近寄りたくないのかもしれない。それでもここにプールがそのままあるのは、それだけつかさにとって恭子が大きな存在だということだ。

疾斗でも、『恭子』という名前を聞くだけで、さみしさを感じる。護の言う通り、仲が良かったのだろう。

「……ねえ、疾斗」

考えこんでいた疾斗は、護のどこか暗い声に、驚《おどろ》いて振り向いた。

「つかさが僕達を攻撃《こうげき》してくるのってさ……どうしてだと思う？」

「は？　魔王になったから、俺達プレイヤーを攻撃してくるんだろ？」

「本当に、それだけかな」

「どういう意味だよ」

苦しみを堪《こら》えるように、護はぎゅっと手を握りしめる。

「つかさは……魔王になって、僕がやったことを——僕が恭子を殺したことを、知ったんじゃないかな」

護の言葉にドキッと心臓が跳ねる。

「狙《ねら》いは、疾斗じゃなくて、僕かもしれない。僕は、つかさから恭子を奪《うば》ったから……」

倒される前に魔王が言っていたことを思い出してしまう。

——正道護を倒すのは、私。

魔王の言葉を心の奥にしまいこみ、疾斗は睨むように護を見据《みす》える。

「だったら、何だよ。お前、大人しく殺されてやるつもりかよ」

「そんなつもりはない。でも……つかさが僕を恨《うら》んでも、それは当然だって、思って……」

護は震《ふる》える手で、胸元《むなもと》をぎゅっと握《にぎ》りしめる。まるでそこから溢《あふ》れる何かを抑《おさ》えつけるように。痛みを堪えるように。

「おい、護。しっかりしろ」

（おい、俺。しっかりしろ）

護の肩《かた》に手を置き、護にも自分にも言い聞かせる。

（今度は俺が護を守るって、決めただろうが）

疾斗の声と肩に置かれた手に、護は瞬《まばた》きをして我《われ》に返り、疾斗を見た。

「俺はつかさにお前が殺されるなんて、絶対認めない。お前と俺は、絶対死んじゃいけねえんだよ！」

肩に置いた手に、自然と力がこもった。護の色素の薄《うす》い目がパチパチと瞬きを繰《く》り返す。その度《たび》に、瞳《ひとみ》に映る疾斗の目も変わっていることに気付いた。

「みんなで帰るって、お前が言い出したんだろ」

護。つかさ。――恭子。

恭子のことは覚えていないけれど、わかる。その名前を呼ぶ度に、護を呼ぶのと同じように、つかさを呼ぶのと同じように、心が弾《はず》んで――そして、痛い。

生き残れば、恭子を助ける方法だってあるかもしれない。多くは望めないこの状況《じょうきょう》でも、疾斗にはそんな希望が生まれてしまう。

だって、護はこんなにボロボロになっても、恭子との絆《きずな》を大切にしている。

(ボロボロになった分、こいつは幸せにならなきゃいけないんだ)

疾斗が見つめる中、護はうなずき、肩で息をしてから、口元に笑《え》みを浮《う》かべた。護の表情に穏《おだ》やかさと冷静さが戻《もど》る。疾斗は安堵《あんど》して護の肩から手を離《はな》した。

「それに、本当につかさがお前を恨むと思うか?」

「本来の、つかさならね。でも今の彼女は……きっと前までの彼女じゃない」

すでに魔王となったつかさは、功樹と悠弦を攻撃し、存在を消している。その精神やあり方が、以前のつかさと同じであるはずがなかった。

「魔王になると、どう変わるんだ?」

「僕もはっきりしたことは言えないんだけど……感情とか、願いとか、強く思っているものが、全部この世界のために歪《ゆが》められてしまうんだと思う」

「都合良いように変えられるってことか？」

それが許せないというように、顔をしかめて不快感をあらわにし、護はうなずいた。

「つかさが倒《たお》した魔王だった人は、美術部の中でも一番上手《うま》くて、難関の美大にも行けるって言われてたみたい。彼は、腕《うで》が回復する見込みがないって言われたらしくて……それ以来、休学して引きこもってしまったんだ」

「腕、を……」

彼は魔王になり、両腕が蛇《へび》になっていた。そして自分からは攻撃してこず、引きこもるように疾斗達を待っていた。

「彼の作った世界は、たぶん彼が好きだった黄金比で構成されてた。自分だけの理想の世界を続けるために、ああして勇者達を排除《はいじょ》していたんだと思う」

罠《わな》を張り、モンスターをけしかけて、自分の安全圏《けん》には来ないように排除しようとしていた。それが、前の魔王の戦い方だった。

「今のつかさが前の魔王のように僕達が来るのを待つんじゃなくて、自ら攻撃してくる理由が、ちゃんとあると思うんだ。それを考えてたら……僕を恨んでるとしか、考えられなくなっちゃって」

あまり感情を出さないように、護は自分のことを客観的に話しているようだった。

「でも、もしも本当に僕を狙ってるのなら、作戦的には好都合だよね」

「……そう、だな」

本当に、あの作戦で大丈夫《だいじょうぶ》だろうか。コンテニュー前に練ってきた作戦が、今になって不安になる。護の精神状態で、任せていいのだろうか。

そんな疾斗の感情は顔に出ていたのか、護は安心させるように笑いかけてきた。その時には、感情を抑えつけている様子はなかった。

「大丈夫。僕は絶対に死なないから」

くすっと笑う護に、疾斗は安心する。

「……絶対だからな」

そう言うと、疾斗と同じく、護も安心した様子でうなずいた。

しばらく歩き回ってみたが、魔王は現れない。不意に護が立ち止まる。

「おかしい」

護の呟《つぶや》きに、疾斗もうなずいた。抱《いだ》いている違和感《いわかん》は、同じものだろう。

「だよな。何でこんなに、モンスターがいないんだ？　前はこんなんじゃなかったよな？」

「うん……こんなの初めてだ。いつもは必ず襲《おそ》ってくるのに……」

気配すらないのが疾斗にもわかる。この静けさは何なのだろう。気味が悪いし気にもなるが、魔王《まおう》がいるということなら、捜索《そうさく》に戻るしかない。

「疾斗。記憶《きおく》はなくてもさ、いつもつかさを気にしてたでしょ？　他《ほか》につかさが行きそうな場所に心当たりない？　つかさが好きなところとか、楽しそうにしてたところとか……」

ふと、「楽しそう」という言葉に引っかかる場所があった。このゲームに巻き込まれる前、疾斗がつかさの笑顔を見た場所。

「……屋上、とか。あの日のつかさ、教室で見たことない顔で笑ってたんだ。思い上がりかもしれねえけど、たぶん、楽しかったんだと思う、から……」

何だか照れくさくなってきた。口を閉《と》ざして顔を上げ、護を見た瞬間《しゅんかん》、疾斗は彼を睨《にら》んだ。……真っ赤な顔で。

「何ニヤニヤしてんだよ！」

「いやだって疾斗が微笑《ほほえ》ましくて……あの疾斗が……ふふっ」

からかっているわけではなく、嬉《うれ》しさを堪《こら》えきれないらしい護の笑みに、疾斗もあまり強く出られない。悔《くや》し紛《まぎ》れに舌打ちをするだけだった。

「きっとつかさは、本当に楽しかったんだと思うよ。つかさもゲーム大好きだし、意外と子どもっぽいとこもあるから」

「たしかに、笑い方は子どもっぽかった……かも」

大人しくて、ひかえめな子だと思っていた。そんな彼女が目を輝《かがや》かせ、臆面《おくめん》もなく笑うのを見て、本当は嬉しくてたまらなかった。

つかさの笑顔を思い出していると、顔が熱くなる。その顔を護から隠《かく》すように、疾斗は足を速めて歩き出した。


屋上への階段を上ると、学校と同じようなドアがあった。ドアノブを普通《ふつう》に捻《ひね》って押したり引いたりしても、びくともしない。

ちらりと護を見ると、彼がうなずいたので、疾斗はドアを持ち上げた。

ガコッ。

ドアを開く独特の音。

「「開いた」」

疾斗と護の声が重なり、ギィ、と軋《きし》んだ音を立ててドアを開くと、風が吹《ふ》き込んでくる。

吹き込んできた風には、お菓子《かし》のような甘い香《かお》りと、肌《はだ》を刺《さ》すような怖気《おぞけ》が含《ふく》まれていた。

ドアを完全に開く前に、疾斗は護の顔を見つめる。護も少し顔を引きつらせていたが、疾斗と目が合うと、しっかりとうなずき、ドアに手を当てた。

二人でいっしょにドアを開ける。

赤い翼《つばさ》がゆっくりと宙を薙《な》ぎ、ドアに背を向けていた彼女はこちらを振《ふ》り返る。

風に躍《おど》る長い髪《かみ》の隙間《すきま》から、ルビーのような瞳《ひとみ》が覗《のぞ》く。

目はこちらを見つめているが、彼女の視線はうつろだ。

「疾斗」

護の呼びかけに、ハッとする。動けなくなっていた身体《からだ》が、呪縛《じゅばく》を解かれたように動いた。心配そうに疾斗を見つめてくる護に、疾斗はうなずく。

「……大丈夫だ。やるって、決めたから」

護の声で動けるようになったことを感謝しつつ、疾斗はもう一度魔王を見る。

あそこにいるのは、疾斗が好きになった女の子。

「つかさ」

彼女を取り戻《もど》すために、ここへやって来たのだから。


——疾斗くん。

もう一度そう呼んで、あの無邪気《むじゃき》な笑顔《えがお》で笑ってほしい。

第十章

ずっと愛してくれますか？

魔王《まおう》は何も言わずに疾斗と護を見つめていたが、不意に空を仰《あお》いだ。

赤い瞳の視線を追うと、黒く大きな何かが飛んでいる。

「何だ……？」

空を飛ぶそれは、大きいわけではなかった。モンスターが、大群で向かって来る。

「嘘《うそ》だろ、こんな時に……！」

疾斗はアミュレットから剣《けん》を出したが、近づくほどに、それが疾斗一人で相手できるような数ではないことを知る。護は武器もない。そして何より、魔王がいる。魔王を相手しながら対抗《たいこう》できるとは思えない。

「疾斗、魔王の注意がモンスターに向いているうちに、一旦《いったん》屋内に――」

護が疾斗の腕《うで》を引いてそう言ったが、その言葉は途中《とちゅう》で途切れる。

ドサッ――

ドアの内側に戻ろうとしていた疾斗と護は背後を振り返る。

そこには赤い矢が突《つ》き刺さったモンスターが落ちていた。恐竜《きょうりゅう》のプテラノドンに似ているが、すでに動かなくなっている。


ドサッ。ドサッ。ドサッ。ドサッドサッドサッドサッドサドサドサドサドサドサ——


次々と赤い矢が刺さったモンスターが屋上の床《ゆか》に落下していく。

「何、だよ……これ……」

赤い矢は当然、魔王の指先から絶え間なく放たれていた。その一本一本が、正確に、一撃《いちげき》でモンスターの核《かく》を貫《つらぬ》いて、仕留めている。

ぞっとする間にも、屋上の床はモンスターで埋《う》め尽《つ》くされていった。落ちていくモンスターと、すでに床に落下しているモンスターが折り重なり、嫌《いや》な音を立てる。恐怖《きょうふ》と不快感で呆然《ぼうぜん》としていると、不意にその音が消えた。

空を見上げれば、そこにモンスターはただの一匹《いっぴき》もいなくなっていた。

「全部……倒《たお》したのかよ……」

疾斗が呟《つぶや》いた後、突然《とつぜん》辺りが強烈《きょうれつ》な光に包まれ、疾斗は思わず目を瞑《つぶ》る。

瞼《まぶた》を開いた時、地面を埋め尽くしていたモンスターの亡骸《なきがら》が跡形《あとかた》もなくなっていた。

「何で……モンスターを……？」

モンスターが消えた空と地面、そして魔王を見ながら、護が戸惑《とまど》う声を上げる。

「やっぱり俺達のこと、守ってくれたんじゃねえのか？」

「そう、かな……」

「そうじゃなきゃ、何で俺達を守るんだよ！　——つかさ！」

疾斗が呼びかけると、赤い瞳が再び疾斗と護を見た。

「つかさなんだろ⁉　俺達のこと、わかってんだろ⁉」

「待って、疾斗」

護が静かに呼びかけてきて、疾斗の前に腕を出して制止した。

疾斗は護を見てから、再び魔王を見つめる。よく見れば赤い瞳は護だけを見つめていた。

「つかさは僕達を認識《にんしき》してる。——狙《ねら》いは、やっぱり僕だ。だってあれは、敵意——」

護はきっぱりとそう言って、前に行こうとする疾斗を強く押しとどめる。

護は一瞬《いっしゅん》だけ口を閉《と》ざしたが、すぐに意を決したように唇《くちびる》を開いた。

「いや、殺意の、目だから」

「殺意……って……そんなはず……」

護が、つかさから恭子を奪《うば》ったから？　でも、護とつかさも仲が良かったはずだ。そこに恋愛《れんあい》感情はなくとも、友情はあったはずだ。

「つかさ！」

護の制止する手は動かない。代わりに疾斗は声を張り上げた。

「違《ちが》うだろ⁉　俺達を狙ってなんかいないだろ⁉　モンスター倒してくれたじゃねえか！　俺達の敵だっていうなら、何でモンスター倒すんだよ！」

疾斗がそう叫《さけ》ぶと、魔王の赤い瞳《ひとみ》が動き、疾斗を見つめた。

赤い瞳で疾斗を見ながら、彼女は口を開いた。

「……私は、強いから」

その声に感情は少しも含《ふく》まれていない。ひかえめでも無邪気《むじゃき》でもない。でも、それは確かにつかさの声だということに、胸が痛くなる。

「強、い……？」

「一番強いのは、私。それを証明するために、全部倒す。モンスターも、勇者も、全部」

——嬉野くんは、強いんだよ。ちゃんと自分が好きなことを好きって言えるんだもん。それって、すごく大事なことだよね。

一緒《いっしょ》にゲームをしたあの日、つかさは屋上で、そう言った。

自分が好きなことを好きだと言える疾斗を強いと言っていた。

つかさがほしかった強さは、こんな暴力的な強さじゃないはずだ。

ゲームが好きだと友人に言ってみればと言うと、つかさは決意するようにぎゅっと手を握《にぎ》っていた。

——うん。勇気を出して、言ってみる。ありがとう、嬉野くん。

そう決意することは、もしも引かれたら怖《こわ》いと言っていたつかさには、とても勇気のいる決断だったのだろう。それはつかさの中で大きく、大切な決意だったはずだ。

——感情とか、願いとか、強く思っているものが、全部この世界のために歪《ゆが》められてしまうんだと思う。

護が言った魔王のあり方の考察が合っているなら、あの時の決意が大きなものだったからこそ、強さに拘《こだわ》るようになってしまったのだろうか。

「……でも」

すっと手を挙げ、魔王は立てた人差し指をこちらに向けてきた。攻撃《こうげき》されるかと思ったが、魔王はそのまま——護を指さしたまま、口だけを動かし、感情のない声で言った。

「正道護。あなたは別。あなただけは許さない。存在することを許さない。——恭子ちゃんを奪ったあなたを、私は決して許さない」

「っ……！」

魔王の言葉には感情が感じられない。しかし「恭子ちゃん」という姉への呼び方には、無感情には不釣《ふつ》り合いな響《ひび》きがあった。

「正道護。あなたは、私が倒す。他《ほか》の誰《だれ》にも倒させない」

自分の身体《からだ》があれだけボロボロになっても、護を守った。しかしそれは、自分が護を倒すために、他の人間やモンスターに倒されることを許さなかっただけ。

魔王は護を狙っている——護の予想通りだった。

「つか、さ……っ」

護の顔から血の気が引いていた。予想していたとしても、つかさの声で、つかさの顔で言われれば、それはつかさ自身の言葉のように感じてしまう。

でも――

「護っ！」

疾斗は声を張り上げて護に叫び、こちらを向かせた。

(違う。こんなのは、つかさの言葉じゃない)

根拠《こんきょ》なんてない。でも、つかさはこんな風に誰かを傷つけたりしない。

「お前、言ってただろ。魔王《まおう》になったら、感情が歪んでしまうんだって」

震《ふる》えながらも、護は疾斗を見つめ、疾斗の言葉に耳を傾《かたむ》けていた。

「だったら、今の言葉はつかさの本当の気持ちじゃないって証明だろ。本当のつかさを、俺達が見失ってどうすんだよ」

「いいえ。これは私の本当の気持ち。私は正道護を倒したい」

疾斗の言葉を、魔王が即座《そくざ》に否定する。その言葉も、つかさの気持ちを歪めている。

――無理矢理《むりやり》にでも、疾斗はそう思い込む。そうでないと気持ちが負けてしまう。これからしようとしている作戦にさえ挑《いど》めない。

疾斗は魔王を睨《にら》むように見据《みす》えた。

「護を倒したいのは、このゲームを知ってる護がいると、ゲームが続けにくいからだろ」

「いいえ。恭子ちゃんを私から奪った正道護を倒したいから、倒す」

「……っなら、つかさに、戻《もど》ってよ……っ」

必死で震えを抑《おさ》えながら、護が顔を上げ、魔王を見据えた。

「日廻つかさになら、僕は倒されても構わない。でも、歪んでしまった魔王なんかに倒されるわけにはいかない！」

これまで幾度《いくど》も傷ついている護の心に、魔王の言葉は致命的《ちめいてき》なものだったはずだ。それでも護は疾斗の隣《となり》に立って、目的を見失わないでいてくれた。

魔王はそっと胸元《むなもと》の核《かく》に手を当てる。

「私は、日廻つかさ。同じもの。あなた達は私に消される。そして、私はこの世界で一番強くなる」

「俺達を消して、他のモンスターも消して？　そんなの、一人になるだけだぞ」

つかさは一人ぼっちになるのを恐《おそ》れていたはずだ。

赤い瞳が、ひたと疾斗を見つめる。

「強ければ、一人でだって平気。――あなただって、いつもそうだった」

その言葉に、疾斗の心が一瞬《いっしゅん》揺れる。

（ああ、気にしていてくれたんだ、俺のこと）

こんな時なのに、つかさが疾斗を気にかけていてくれたことが嬉《うれ》しくなってしまう。そして再度、決意が固まる。

（だからこそ、俺は君を取り戻したいんだ）

「……違う。平気なんかじゃなかった。さみしかったよ、ずっと。遠くから仲良い奴《やつ》らを妬《ねた》んで、それをくだらないと思い込もうとしてた。でもそれは、関《かか》わって傷つくのが怖くて、楽な方に逃《に》げてただけだ。護と仲が悪くなったから……誰かと関わるのが怖かったんだ。護さえ離《はな》れていくのに、誰が俺と仲良くしてくれるんだって思ってた」

「疾斗……」

護が情けない声で呼ぶので、疾斗は声に出さずに「バカ」と言ってやる。護には護の理由があり、そして今は、もう元の親友に戻っている。

「つかさも……記憶《きおく》からは消えたけど、恭子だっていた。俺達、仲良かったんだろ？」

『恭子』の名前に、魔王の手がぴくりと反応する。

疾斗は一歩、魔王へと近づく。

「一人になんてなるなよ。一人が怖いのは、みんないっしょだ。俺は……魔王になってしまったからって、一人が平気だなんて思えない。こんな世界でつかさを一人にしたくない」

魔王はその場で微動《びどう》だにせず、ただただ疾斗をじっと見つめていた。もう一歩、疾斗は魔王へ歩を進める。

（もしかしたら、ここで元に戻せるかもしれない）

「疾斗」

護が呼びかけてきたが、無理に止める様子はない。疾斗も横目で護を見て、大丈夫《だいじょうぶ》だと伝えるためにうなずいて、視線を魔王に戻す。

「つかさ。俺は魔王から、元に戻れる方法を知ってる」

赤い瞳《ひとみ》を見つめながら、疾斗は手を差し出した。魔王の赤い瞳が疾斗の手に向く。

「だから、帰ろう。つかさ」

疾斗が名前を呼ぶと顔を上げ、魔王はゆっくり首を振《ふ》った。

「……戻らない。戻りたくない」

長い髪《かみ》を揺《ゆ》らしながら、魔王はふわりと後退した。

「ここにいれば、もう傷つくことなんてない。弱い私に戻りたくない。恭子ちゃんのいない世界に戻りたくない。恭子ちゃんを覚えていない私なんて、いらない」

首を振り、守るように胸元の赤い核を手で覆《おお》いながら、疾斗から遠ざかっていく。

「私は、ずっとここにいなきゃいけない。ここなら、恭子ちゃんを覚えていられるから！」

自分でも知らないうちに、双子《ふたご》の姉の存在も記憶も失っていた。兄弟さえいない疾斗には、その絶望は計り知れない。

それでも疾斗にはわかることがある。つかさは恭子を忘れてはいなかった。

「こんな世界にいることない。つかさは恭子のこと、ちゃんと覚えてただろ」

心なしか、彼女は大きく首を振った。

「いいえ。覚えてなかった」

「覚えてたよ。記憶になくても、時々すごくさみしくなるって言ってただろ。ちゃんと、心が覚えてたんだよ。恭子の存在をつかさが忘れるはずないだろ」

長い睫《まつげ》が揺れて、ほとんど動かなかった魔王の瞼《まぶた》が瞬《まばた》いた。瞼が落ちた一瞬の後、頬《ほお》に伝うものがあった。

「つかさ……」

赤い髪を揺らして、魔王は首を横に振ると、頬から雫《しずく》が落ちた。

「いいえ。いいえ。いいえ。私はこの世界にいる。恭子ちゃんと私は、生まれた時から二人で一つ。離れるなんて、ありえない」

無感情な声。言葉。表情。しかしその頰には涙《なみだ》が音もなく伝っていた。

（心が全部、歪《ゆが》んでしまったわけじゃない……？）

「邪魔《じゃま》するあなた達は、倒《たお》す。殺す。消す。あなた達は、いらない」

潤《うる》んだ目には、誰《だれ》も映っていない。淡々《たんたん》と吐《は》き出される声にも、感情はこもっていない。

その姿には既視感《きしかん》があった。

冷たい目。人を突《つ》き放す言動。――感情を殺して、ボロボロになってしまった親友。

（俺はまた、大事な人にこんな思いをさせてるのかよ……！）

あの時、自分が魔王を倒してしまえば。最初から護の言葉を信じていたなら。いや、もっと前から、護の異変に気付いていれば。

「つかさ！」

疾斗が叫《さけ》ぶと、彼女の肩《かた》がぴくりと動く。疾斗は彼女に笑って言った。

「つかさとゲームした時、すげえ楽しかったんだよ。つかさが俺を気にかけてくれて、すげえ嬉しかった！」

あと一歩踏《ふ》み込めば彼女に触《ふ》れられる。そんな距離《きより》まで近づいても、彼女は何もせずにただ疾斗をじっと見つめていた。

「俺は、つかさと、もう一度友達になりたいんだ」

彼女の瞼が瞬く。そして、静かに涙が溢《あふ》れる。

ためらったような間を空けてから、彼女は感情のない声を発する。

「……帰らない。帰りたくない。あなた達も決して帰さない」

淀《よど》みなく言葉が吐き出される。まるでそれが決まったことだと宣言するように、魔王は腕《うで》を上げた。——魔王の指先に綺《き》麗《れい》な赤い光が灯《とも》る。

「ここで私に消されて……それですべて終わる」

「疾斗！」

腕をきつく引っ張られ、疾斗は蹈鞴《たたら》を踏む。そのまま転びそうになりながら、護に手を引かれて走り出す。

開け放したままだったドアから屋内に逃げ込み、疾斗は護に腕を引かれながら走る。

「くそっ……！　説得、できなかった……！」

「でも、つかさは泣いてた！」

疾斗の手を引いて走りながら、護が声を上げる。

「つかさを元《もと》に戻してあげなきゃ！　彼女には、ちゃんとつかさの心が残ってるっ！」

護の言葉は涙声だったが、つかさを元に戻す決意を固くしていた。


ガシャン！


すぐ背後で窓ガラスが割れた。ガラスの破片《はへん》が弾け飛び、赤い矢が壁《かべ》に突き刺《さ》さる。

窓の外を見れば、魔王がこちらに手を向けている。すでにその指先には光が灯り、矢を放とうとしていた。

とにかく全力で廊下《ろうか》を走り抜《ぬ》け、窓ガラスのない突き当たりの部屋に身を隠《かく》す。

息を切らしつつ、疾斗は護を見た。

「……予定通り、作戦開始だな。ほら」

疾斗はアミュレットから剣《けん》を取り出し、それを護に渡《わた》す。少しためらってから、護は疾斗の剣を手にし、心配そうな顔で疾斗を覗《のぞ》きこんできた。

「……本当に、丸腰《まるごし》になって平気？」

「バカ。お前は心配する立場じゃねえだろ。もしモンスターと遭遇《そうぐう》しても、全力で逃《に》げるから、安心しろ」

そう言った疾斗に、護はくすりと笑う。その笑《え》みを見て、疾斗も笑った。二人して、恐《きょう》怖《ふ》でハイになっているのかもしれない。

疾斗が手のひらを護に向けると、護はその手を叩《たた》き、握《にぎ》りしめてきた。その手は冷たく、震《ふる》えている。疾斗の手も同じだった。きつく護の手を握る。

二人で、この強大な恐怖を抑《おさ》え込む。

手の冷たさが徐々《じょじょ》に熱さに変わると、恐怖も消えて、代わりに握り合った手の中に生まれたものがあった。

——二人なら、何でもできる。

そんな楽観的な思考が、確信に変わっていく。恐怖の代わりに希望が生まれる。

握った手の向こうで、護が笑った。つられて疾斗も笑い、どちらからともなく手を離《はな》す。

単純なことに、もう震えは消えていた。

護は部屋を飛び出し、廊下を駆《か》け抜けていった。その後を、再び魔王が追っていく。

疾斗が部屋から出ると、赤い花が咲《さ》き乱れるように無数の矢が残っていた。疾斗はその一つ、折れてほとんど矢じりだけになったものを拾い上げた。

(つかさを取り戻した時、俺は……あの約束を守れるのかな)

――ねえ、疾斗。一つ約束しよう。……僕のためにも、疾斗のためにも。

――絶対に、みんなで帰るって。

護との約束を思い出し、疾斗は首を振《ふ》り、矢じりをポケットに入れて走り出した。

(護のためにも、つかさのためにも、俺は俺を見捨てない。俺は絶対に、勝って帰るんだ)

大きく息を切らしながら、護はあるドアの前で立ち止まる。そこはプールの隣《となり》にある、学校で言うなら体育館に当たる建物だった。

護は背後を振り返りながら、飛んでくる矢を疾斗の剣で薙《な》ぎ払《はら》う。しかしすぐに次の矢が襲《おそ》いかかってきていた。

矢が雨のように護に降り注ぐ。護はドアの向こうに滑《すべ》り込み、ドアを盾《たて》にして防いだ。ドアはすぐに無数の矢によって破壊《はかい》されたが、すでにそこに護はいない。護は広い空間を全速力で横切り、体育館の二階へ続く階段を駆け上がっていた。

一度背後を肩越《かたご》しに確認《かくにん》すると、魔王もこちらに向かってくる。

護は二階の部屋のドアを開けて、室内に飛びこむ。ドアを閉めている暇《ひま》はない。

護はベランダに出てから、背後を振り返った。壊《こわ》したドアと壁、その土煙《つちけむり》をくぐり抜けて、魔王は護の前に現れ、指先を向けた。

「これで、あなたは終わり」

「終わりじゃ、ないよ」

護がやるべきことは、あと一つ。

息を切らしながら、護は背後の手《て》摺《すり》に手を掛け、わずかな幅《はば》しかない手摺の上に立った。

護の行動を見て、魔王はどこか焦《あせ》ったように声を発した。

「そっちには、行かせない。あなただけは」

「なら、君も来なよ。この下は、僕らにとって大切な場所だよ」

護は魔王と向き合いながら背後に大きく跳躍《ちょうやく》した。

宙に舞《ま》った護に向けて、魔王《まおう》は赤い矢を無数に集中させる。

「僕は死なない。恭子と疾斗と、約束したから！」

護は魔王に疾斗の剣を投げつけた。予想外だったのか、魔王は避《よ》けそびれ、剣が魔王の翼《つばさ》に突《つ》き刺さる。浮遊《ふゆう》していた魔王の身体《からだ》が落ちるように床《ゆか》に足を着く。

ザパン！

階下で、護が水に落ちる音が聞こえる。――それが、疾斗が動く合図だった。

「――つかさ、ごめん」

「！」

魔王がこちらを見る前に、走った勢いのまま、疾斗は魔王の身体を抱《だ》きしめた。そしてそのまま手摺に向かい、彼女を抱きしめたまま手摺から飛び出す。

「放して」

風を切る音の中で、魔王の無感情な声が聞こえた。その声が一瞬《いっしゅん》止まり、そして。

「嫌《いや》っ、怖《こわ》い……っ！」

魔王の――いや、つかさの震えた声が聞こえた気がした。

大丈夫《だいじょうぶ》だと伝えるように、疾斗はその身体を強く抱きしめる。

疾斗の身体が魔王とともに水面に打ち付けられ、そしてそのまま水中へと沈《しず》む。

衝撃《しょうげき》で思わず閉じてしまった瞼《まぶた》を開くと、水の中は暗く、底が見えなかった。

魔王の赤く長い髪《かみ》と、傷ついた翼から溢《あふ》れた血が水中に広がり、疾斗の身体に絡《から》みつく。

魔王は無表情のまま目を閉じ、人形のように動かない。ただ水に身を任せて沈んでいく。

疾斗は沈んでいく魔王の身体を引き寄せ、先ほどポケットに忍《しの》ばせていた矢じりを取り出した。そして魔王の胸元《むなもと》にある赤い核《かく》に向けて横に薙《な》いだ。


――キンッ。


矢じりが核を傷つける甲高《かんだか》い音が水中で響《ひび》く。

（もしも、うまくいかなかったら……つかさは元に戻《もど》れない。護の決意が無駄《むだ》になる。み

んな現実の世界には戻れない。全部が、終わる)

不安の中、疾斗はそれでも手を止めない。

T……S……U……と矢じりを打ち付けるごとに核は赤く光り、そして魔王の身体が沈んでいく。疾斗もその度《たび》に底の見えない水の中に進んでいく。

(絶対に、うまくいく……!)

そう自分に言い聞かせて、最後の一筋を刻みつける。

酸素が足りないとわかっていても、その名前を叫《さけ》ばずにはいられなかった。


「つかさ!」


その瞬間、魔王の赤い核が強い光を発し、その姿がおぼろげになる。

今まで息を止めていたこともあり、疾斗は大量に水を飲み、苦しくて動けなくなる。視界が暗くなって、意識が遠のいていく。

(ダメだ、つかさを、助けなきゃ。苦しい。どうしよ、どうしたら……!)

完全に意識がなくなる直前、護に腕《うで》を摑《つか》まれたのをたしかに感じた。

遠くから、誰《だれ》かの声が聞こえる。

「――と！　疾斗！　疾斗！　聞こえる⁉」

護の声と、肩《かた》を揺《ゆ》すられる振動《しんどう》で目を覚ます。水を吐《は》き出して大きく咳《せ》きこんだ。

「ま……も、る……？」

自分の今の状況《じょうきょう》を思い出し、疾斗は咳きこみながらも一番大事なことを口にした。

「つかさ、は……⁉」

「助けたよ。でも……っ」

落ち着くと、護の表情に気付く。ひどく慌《あわ》てて、顔が蒼白《そうはく》だった。

疾斗が起き上がると、痛いほどの強い光が目に入ってきた。強い光の向こうで、濡《ぬ》れた赤い髪が広がっている。

水に沈んだ時と同じ表情のまま、魔王は目を閉じて動かない。だが、赤い核は強い光を発していた。そしてその光は粒《つぶ》となり、疾斗の胸元に向かっていた。

魔王の核の経験値が、疾斗のアミュレットに吸収されている。

「成功、した……？」

目映《まばゆ》い光が護の泣きそうな顔を照らし出している。

「してないよ！　経験値が、疾斗に入ってるんだ……っ！　どういうことだよ!?　みんなで帰るんだろ!?」

よく見れば、護は疾斗のアミュレットを握《にぎ》りしめていた。つかさが魔王になった時と同じく、経験値がこれ以上入らないように覆《おお》っていた。無駄だとわかっていても。

「何で……っ！　約束しただろ、絶対に帰るって！　なのに、失敗したなんて……！」

疾斗のアミュレットを握りしめる護の手に、雫《しずく》が落ちる。疾斗達を水中から運び出したため、護も濡れていたが、その雫は護の目から溢れていた。

これ以上、護を絶望させてはいけない。せめてこの作戦は成功させなければ。

疾斗は倒《たお》れている魔王に目を向けた。そこに横たわる姿を見て、護の肩を強く掴む。

「護！」

護が顔を上げて疾斗の視線を追う。涙《なみだ》に濡れたその瞳《ひとみ》が、赤く染まる。辺りが一際《ひときわ》強く、赤い光に包まれた。その光の強さに、思わず疾斗も護も目を閉じた。

「ん……」

聞こえた声に目を開く。

強い光は消え、そこに横たわっていたのは異形の少女ではなく、制服姿のつかさだった。

「つかさ！」

疾斗がつかさの肩を揺《ゆ》すると、閉じていた瞼がゆっくりと開く。ぼんやりしていたつかさの瞳が、二、三度瞬《まばた》きし、疾斗に焦点《しょうてん》を合わせた。

「疾斗、くん……？」

その目が疾斗を見る。その声が疾斗の名前を呼ぶ。ぼんやりとはしているが、感情がない、魔王のような声ではない。

思わずその手に触《ふ》れて、握りしめていた。

「よかった……っ！　戻った！」

助けられた。

つかさの顔をよく見たいのに、視界が滲《にじ》む。涙がひどく邪魔《じゃま》だった。

つかさが手を握り返してきて、疾斗はようやく手を握っていることに気付いた。離《はな》そうとした時、つかさが心配そうな顔で疾斗の頬《ほお》に触れ、動きが止まってしまった。

「どうしたの、疾斗くん？」

「何でもない。起きられる？」

うなずいたつかさの手を握ったまま、彼女の身体《からだ》を起こす。

つかさが戻った嬉《うれ》しさと、勢いで手を握ってしまった恥《は》ずかしさで、顔が熱くなり、慌てて手を離す。つかさが疾斗を見つめてきて、首を傾《かし》げた。

「つかさ……大丈夫、なの？」

護がそっとつかさに尋《たず》ねる。少しぼんやりしていたつかさが、こくりとうなずく。

「うん。私、どうしたの？　何か、頭がぼんやりして……護くん？」

「よかった……本当に、よかった……っ！」

護もホッと息をついて、つかさに微笑《ほほえ》みかける。彼の目にも涙が滲んでいた。

一度は失ってしまったと思ったつかさが、ここにいる。疾斗は護を見て、堪《こら》えきれない笑《え》みで手を出した。護の目から一筋、涙が零《こぼ》れ、それを拭《ぬぐ》いながら護は疾斗の手を叩《たた》いた。

「えっと、あの、二人とも……？」

疾斗と護の反応に、つかさは交互《こうご》に二人を見て、目を瞬く。

つかさが困惑《こんわく》する中、どこからともなくあの声が響いてきた。

『おめでとうございます。魔王は倒されました。ゲームクリアです』

無機質な声のアナウンスに、護とつかさの肩が震《ふる》えた。

「魔王を、倒した……!?」

「ゲーム、クリアって……？　え？　あれ、私、どうして……」

つかさは手のひらを見つめ、自分の姿を確かめるようにその手を頬に当てた。

「私、魔王になったはず……なのに、どうして戻《もど》ってるの……っ!?」

つかさは答えを求めるように、疾斗の顔を見つめてきた。

護が疾斗の制服のポケットに手を突《つ》っ込む。そういえばそこにスマホを入れていた。

起動した画面を見た瞬間《しゅんかん》、護はスマホを取り落とした。

『■者：ハヤト　■v100』

画面を凝視《ぎょうし》していた護が、疾斗の胸《むな》ぐらに摑《つか》みかかってきた。その勢いに、疾斗は倒れそうになって慌てて手を突く。

「何で……何で疾斗がレベル100になってるんだよ！　どういうことだよ！」

胸ぐらを摑む力は強いのに、その手はひどく震えていた。

「ごめん、護。――この裏技《うらわざ》、弱体化させたら、倒したって判定になるんだよ」

「そんな……っ、じゃあ、疾斗は、最初から……」

「騙《だま》してたことは、謝る。本当にごめん」

「謝って、済むわけないだろ……っ！」

疾斗の胸ぐらを摑む手に、さらに力が込められる。ここに引き止めるように。

「嫌《いや》だ！　絶対に嫌だ！　もう僕は、誰《だれ》も奪《うば》われたくない！　もう誰も失いたくないって言ったじゃないか！　なのに、何で……！」

子どものように喚《わめ》く護に、疾斗はその手に触れることしかできなかった。護の手は、力を入れすぎて真っ白になり、氷のように冷たくなっていた。

つかさも不安げに、疾斗の腕《うで》に縋《すが》りつく。

「疾斗くんを失うって、どういうこと？　やだよ、そんなの……っ！」

腕から手を離し、つかさは泣きそうな顔をしたかと思うと、疾斗に抱《だ》きついてきた。

「つかさ……っ」

しゃくりあげるつかさが、途切《とぎ》れ途切れに言葉を発する。

「私の、せい……っ？　私が、魔王に、なっちゃったからなの？」

「違《ちが》う。つかさは何にも悪くねえよ。それに――」

うつむく護と抱きついたままのつかさの背中に、疾斗は両手を置いた。二人のあたたかさに、これから起こることへの恐怖《きょうふ》なんて吹《ふ》き飛んでしまった。

大切な二人のためなら、何でもできる。でも、そのために自分を捨てる気はない。

護と、つかさと、そして疾斗自身に向けて、疾斗は言った。


「俺はいなくならねえよ」


護を見て、疾斗はずっと考えていたことを言葉にした。

「俺がこの裏技をやろうって言ったのは、もちろんつかさを助けたかったのもある。でももう一つ、たしかめたかったんだよ。魔王になったからって、魔王になった人が本当に、全部消えてしまうのか。でも、つかさはこうしてちゃんと戻った」

疾斗がそう言うと、つかさは顔を上げた。涙で頰が痛そうなほど赤くなっている。

「つかさは、元に戻った。なら、他《ほか》の人にも希望があるんじゃないか？」

「他の人、って……疾斗……」

護が呆然《ぼうぜん》と呟《つぶや》き、つかさも疾斗を見つめる。

恭子を取り戻す手段も、あるかもしれない。

疾斗はつかさの肩《かた》に手を置いて、彼女を見つめた。

「つかさ。時間がない。魔王になった時のこと、できるだけ思い出して、教えてくれ。そこに何か手がかりがあるかもしれない」

「え、えっと……目が覚めたら、いつもどおりの朝で……」

疾斗の剣幕《けんまく》に最初は驚《おどろ》いていたつかさだったが、思い出しながら顔をうつむかせた。

「……このゲームのことは、覚えてなかった。でも、お父さんとお母さんは離婚《りこん》なんてしてなくて、恭子ちゃんもいた。学校に行けば、疾斗くんと護くんがいて、功樹くんも悠弦先輩《せんぱい》もいて……楽しくて幸せしかない、私の理想の世界だったの。だから、私……っ」

つかさの目に、涙《なみだ》が浮かび、零れた。

「『みんなでずっといっしょにいたい』って、言ったの」

「……帰って来たく、なかったか？」

疾斗が思わずそう尋ねると、つかさは顔を上げ、首を横に振《ふ》った。

「たしかにあそこには、恭子ちゃんもいて……幸せだった。でも、現実じゃなかったから。……今ここで目が覚めるまで、ずっとその世界にいたの」

「魔王《まおう》になってる間のことは、覚えてないのか？」

言葉を選ぶ余裕《よゆう》はなかった。つかさは苦しげに表情を歪《ゆが》めたが、しっかりと答えた。

「どう言えば、いいのかな。悪夢を見てるような感覚だったの。でも、その悪夢の記憶《きおく》が、本当なんだよね。私……功樹くんや、悠弦先輩を……っ」

「つかさのせいじゃない。僕達はみんな被害者《ひがいしゃ》なんだから」

護は顔を覆《おお》ったつかさの肩にそっと手を置いた。護の言葉を聞いてか、不意につかさが顔を上げた。

「そういえば、私が願った幸せな世界には、私の知らない人達がいた。その時は違和感《いわかん》がなかったけど……一人同じ制服の人がいて、腕を怪我《けが》してて、それでも絵を描《か》いてたの」

「それって……前の魔王だった先輩なんじゃ……」

疾斗がそう言って護を見ると、彼もほとんど確信を持ってうなずいた。

つかさの言葉に何かヒントがないかと、疾斗は必死で頭を巡《めぐ》らせる。

「『みんなでずっといっしょにいたい』って言ってから、つかさはずっと幸せな世界にいた。その間、つかさは魔王になってた。そして前に魔王だった人達が、そこにいたかもしれない……？」

（魔王を倒《たお》して、魔王になったつかさ……同じように魔王を倒した護は経験値が入らなくて、魔王にはならなかった。そして現実に戻る時に望みを聞かれたと言っていた。ここは、ゲームの世界、だから……何かをしたら、報酬《ほうしゅう》があるはずで……）

疾斗の考えがまとまるより先に、プログラムの声が聞こえた。

『それでは、次のゲームとなる世界を再構築します』

その声に、護とつかさが疾斗を掴む手に力を込めてきた。

周囲が目映《まばゆ》い光に包まれ、思わず目を瞑《つぶ》る。目を開いた時には、真っ白な空間に切り替《か》わっていた。

　つかさが前の魔王を倒して、様子がおかしくなった時と同じだ。

『このまま新しいゲームを続けるなら、YESとお答えください。残り時間は六十秒です』

　カウントダウンの中、疾斗は立ち上がり、声を張り上げた。

「俺の覚悟《かくご》は決まってんだ。さっさと俺を魔王にしろよ！」

「バカ、何言ってるんだよ！」

　護に揺《ゆ》すられ、身体《からだ》に力が入らなくなっていることに気付く。自分の身体が自分のものではないようで、震《ふる》え始めた。

「ダメ……ダメだよ疾斗くん！　魔王になっちゃう！」

　つかさは泣きながら叫《さけ》び、疾斗のアミュレットの石を摑んできた。

　アミュレットの黄色の石。この石に、身体が吸い込まれるような感覚がある。きっとつかさもこの感覚を知っているのだろう。どんな風に魔王になってしまうのかも。

「私、思い出したの。私達、すごく仲良しだったんだよ。疾斗くんと護くんと……恭子ちゃんと私！　私、四人でいる時が一番楽しくて幸せな時間だったの！　もう忘れたくないし、失いたくないよ！　疾斗くんと、これからもずっといっしょにいたいよ！」

「ははっ……それ、すっげえ、嬉《うれ》しい……っ」

笑いたいけれど、震えていてちゃんと笑えているかわからない。

もしもそんな日常があったなら、その記憶を、そんな日々を、取り戻《もど》したかった。

「覚えてねえの……俺だけだから。ちょっと、取り返してくる。護のこと、頼《たの》むな」

「疾斗く――っ！」

摑《つか》んだつかさの肩を、今の疾斗の精一杯《せいいっぱい》の力で、突《つ》き放す。つかさの細い身体は尻餅《しりもち》をつき、護に支えられる。

疾斗は背後に下がって、護とつかさから距離《きょり》を取る。

疾斗は自分の身体が変化していることを自覚していた。アミュレットの石はいつの間にか疾斗の胸の中に埋《う》め込まれ、肥大化し、核《かく》として心臓のように鼓動《こどう》している。

脱力《だつりょく》していた身体に、核から力が満ちていく。核から腕《うで》へ、足へ、身体のすべてに。

つかさが疾斗に手を伸《の》ばしているのが、細めた視界に映っていた。

（つかさに手を伸ばしてたのは、ずっと、俺だったのに……）

その手を今は取れないなんて、歯痒《はがゆ》い。

「やだっ！　嫌《いや》だよ疾斗くん……っ！」

「疾斗っ！」

護がぐっと手を握《にぎ》りしめ、何かを決意したのがわかった。

「っ――！」

ある単語を叫ぼうとした護の口を、疾斗の手が塞《ふさ》ぐ。だが、それはすでに人間の手の形をしていなかった。疾斗自身、その手が自分のものだと理解するのに数秒を要した。

(俺、モンスターになったんだ)

妙《みょう》に冷静に、そんなことを考えた。

獣《けもの》のような手。鋭《するど》い爪《つめ》。全身はどんな風になっているのだろう。

(二人に、引かれねえかな……)

こんなに醜《みにく》い姿になっても、二人はまだ、疾斗を友達だと思ってくれるだろうか。

護が手の中でもがくが、疾斗は手を離さない。

「護くん！　ダメだよ、やめて、疾斗く――」

つかさの口も、人の手ではないものが塞ぐ。力を込めているつもりはない。だが、二人がいくらもがいても、痛くも痒くもなかった。軽く力を込めれば、きっと二人を握り潰《つぶ》せてしまう。

『残り時間、十秒です。10』

カウントダウンの声が響《ひび》き、護の目が大きく見開かれた。疾斗の意図に気付いたらしい。すぐにつかさも気付き、二人はさらに疾斗の手の中でもがく。だが疾斗は決して二人を離《はな》さなかった。――疾斗が手を離せば、二人は『YES』と答えてしまうから。

二人の目から零《こぼ》れた涙が、妙に熱く感じられる。

疾斗が口を開く。姿が変わってしまったからか、声も獣じみたものになっていた。

「俺はみんなで帰るために、このゲームの内側が知りたいんだ。絶対に、抜《ぬ》け道を探し出して、帰るから。だから……」

『残り時間、五秒です。5』

「護。つかさ」

大好きな二人。絶対に傷つけてはいけない二人。

こんな姿になっても、疾斗のために泣いてくれる。疾斗を大切に想《おも》ってくれる二人。

『4』

「……俺のこと、信じてくれるか？」

疾斗がこんな姿になっても、信じてくれるだろうか。

……愛してくれるだろうか。

『3』

護は一度目を伏《ふ》せてから、ぎゅっと疾斗の手を握りしめた。そしてその目に強い光を宿して、疾斗を見つめた。

『2』

つかさは泣きながら、疾斗の人でなくなった手にそっと触《ふ》れた。

疾斗の手の中で、つかさの唇《くちびる》がわずかに動いた。

「――――」

『1』

二人が疾斗に手を伸ばす。直後――

『0』

疾斗の手の中から、あたたかさが消える。それと同時に、疾斗の意識が薄《うす》れていく。

(こっからは、一人か……いや)

意識が暗転する直前、二人の流した涙《なみだ》が、疾斗の人ではなくなった手を濡《ぬ》らしていることに気付いた。その手をぎゅっと握りしめる。

(二人の元に帰るために戦うんだ。――俺は、一人じゃない)

——信じてるよ。

そう言ってくれたつかさの元に、帰らなければいけないから。

「疾斗！　はーやーと！　起きろってば！」

肩《かた》を揺《ゆ》すられ、聞き慣れた声に疾斗は机から顔を上げる。

「……ンッだよ」

思った通り、そこにいた護が端整《たんせい》な顔を引きつらせた。

「うわ、顔怖《こわ》っ。ホント、寝起《ねお》き悪いよね。もう昼休みだよ？」

「……え……？」

突《つ》っ伏《ぷ》していた机から身を起こし、疾斗は護の顔をぽかんと見つめる。

何かが、変だ。

周囲を見回すが、いつもと同じざわざわした昼休みの教室の風景があるだけだった。

「何でお前が、ここに……？　クラス違《ちが》うだろ」

「昼休みだから？　あ、もしかしてつかさと二人きりでお昼食べたかった？」

「なっ……ちっげえよ！　何でそうなる！」

「そう。……僕は、恭子と二人きりで食べたかったんだけど、ね……」

護は肩を落とし、小声でそう言った。そして苦笑《くしょう》しながらちらりと、背後を振《ふ》り返る。

その視線を追おうとした時、元気な声が聞こえてきた。

「残念だったわね、疾斗！　私の可愛《かわい》いつかさと二人きりなんて、五千億年早いのよ！」

「きょ、恭子ちゃん、声が大きいよ……っ！」

勝ち誇《ほこ》った顔で疾斗を指さす少女の腕を、つかさが恥《は》ずかしそうに引っ張っている。つかさよりも髪《かみ》は短く、気が強そうな表情だが、同じ顔をしている。

「恭、子……？」

その名前を呼ぶのが、ひどく久しぶりのような気がした。そんなはずはないのに。

「何よぅ、びっくりした顔して？」

何にもおかしなところなんてない。護は恭子が大好きで、つかさはニコニコしていて、恭子はいつも通り、うるさいぐらい元気だ。この双子《ふたご》の姉妹《しまい》は顔はそっくりなのに、性格が真逆のせいか、表情で見分けが付く。

疾斗は頭を押さえながら、恭子にいつも通りの言葉を返す。

「……お前のうるささで耳と頭が痛《いて》ぇんだよ」

「何で私のせいなのよ。ただのゲームのしすぎよ、このゲーム廃人《はいじん》」

「お前には言われたくねえよ！」

ここにいる四人はゲームの話から仲良くなった。恭子にゲーム廃人と言われるのは納得《なっとく》がいかない。臨戦態勢になった疾斗と恭子を見て、護達はのんびりしている。

「つかさ、あの二人は放《ほう》っておいてお昼にしようかー」

「そうだねー」

「「おい」」

疾斗と恭子の小競《こぜ》り合いはほぼ毎日起きる。護もつかさも慣れたもので、だいたいスルーされるので、二人は渋々《しぶしぶ》言い争いを収める。

そんないつものやりとりに、つかさが口元を押さえて笑い、恭子を見つめた。

「ふふっ、恭子ちゃん、楽しいね。疾斗くんと護くんと仲良くなれてよかった」

その言葉に、疾斗の顔が熱くなる。隣《となり》で護がニヤッと笑い、疾斗の足を机の下から蹴《け》ってきた。疾斗も蹴り返す。

「ずっと、こうやって楽しければいいのにね」

「楽しいよ。大人になっても、ずっと。ね、恭子。疾斗」

疾斗もうなずこうとしたが、ふと身体《からだ》が固まる。

――何かが、変だ。

そういえば、こういう話に真っ先に反応する恭子の返事がない。彼女を見ると、いつもは明るくて元気な恭子が、静かに微笑《ほほえ》んでいた。

「疾斗。あんたは?」

恭子の声が妙《みょう》に静かに、そしてずしんと重く、疾斗の胸に響《ひび》く。

疾斗を見つめたまま、恭子は教室の隅《すみ》を指さす。

男子生徒が、一人でうつむいて、熱心にスマホを見つめていた。

「あの子は、放っておいていいの？」

恭子にそう言われて、疾斗は彼の顔をよく見ようと、うつむく生徒の前に立った。

誰《だれ》にも話しかけられないように、壁《かべ》を作っている。誰かと関《かか》わって、傷つきたくないから。離《はな》れて行かれたくないから。誰も信じられない自分が嫌《きら》いだから。そんな自分に失望されたくないから。それなら、一人ぼっちのままでいい――

不意に顔を上げた生徒の顔は、真っ黒に塗《ぬ》りつぶされていた。

（ああ……こいつは、俺か。こいつこそが、俺なんだ）

羨《うらや》み、嫉妬《しっと》するだけで、諦《あきら》めて、何も見ないふりをしている自分。これが本当の疾斗だ。

こんな自分が嫌いだった。だけど、疾斗には疾斗を友人だと想《おも》ってくれる人がいると知った。だから――

「ここは……違う。ここはまだ、ゲームの世界だ。俺が帰る世界は、ここじゃない」

一年前なら、これが日常だった。生きてきて一番、楽しかった頃《ころ》。

ずっといっしょだった親友。男女の壁なんてない気の合う女友達。そして、初めて好きになった女の子。彼らと何でもないことで騒《さわ》いで、笑って、それだけで最高に楽しかった。

でも、これは幻《まぼろし》だ。

疾斗が恭子に向き直ると、彼女は笑っていた。

「あんたなら、そう言うと思ってた」

その時、ようやく疾斗の考えが一つの答えに繋《つな》がった。

「……そうか。これはゲームだ。ゲームなら、勝てば報酬《ほうしゅう》がある。魔王《まおう》を倒《たお》した人間が一番の功労者なんだから、報酬があるはずなんだ。つかさが言ってた『幸せな世界』は、魔王に勝った報酬なんだ」

疾斗は独白した後、恭子を正面から見つめた。

「そうだろ、恭子？　ここはどこなんだよ。お前は――」

本物なのか。

そう尋《たず》ねる前に、恭子が口を開いた。

「ここは、魔王を倒した者だけが来られる場所。疾斗の言う通り、これは魔王に勝った報酬なの。――理想の、幸せな世界を約束されるの」

「そうか、護が現実世界に戻《もど》る時にクリア報酬をもらったのは、経験値が入らず魔王にならなかったから。魔王がいなければ世界は続けられない。だから護のクリア報酬だけがイレギュラーだったのか」

「そう。護はクリアした全員が報酬をもらえると勘違《かんちが》いしていたけど、本当は魔王を倒して魔王となった者にだけ、永遠に『幸せな世界』を与《あた》えられる。でも護は『伝説の剣《けん》』のおかげで魔王にならなかった。だからこのゲームは護に報酬を与えるため、護の願いを一つだけ叶《かな》えた」

「じゃあ、今回護は魔王には勝ってねえし、戻っても約束も覚えてねえか」

「あんた達には、関係ない気がするけどね。つかさは覚えているだろうし」

恭子がくすりと笑い、疾斗も笑《え》みを返す。

「たしかに、そうだな。つかさが伝えてくれれば、それでわかるだろ、あいつなら」

「そうね、つかさはきっと伝えてくれる。嘘《うそ》なんてつけない子だしね」

恭子は隣にいたつかさの頭をそっと撫《な》で、そして疾斗に申し訳なさそうに微笑む。

「……つかさはね、離婚《りこん》した両親と、突然《とつぜん》いなくなった私と、護と、あんたと、敵になってしまった悠弦先輩《せんぱい》や功樹……『みんなでずっといっしょにいたい』って望んだの。……つかさはこの世界で、小さな幸せを元に戻そうとしただけなの」

恭子は泣きそうな笑顔になり、つかさを見つめる。そんな恭子につかさは首を傾《かし》げた。

「恭子ちゃん？　何言ってるの？　恭子ちゃんはここにいるよ？　お父さんとお母さんも、

離婚なんてしてないよ？」

「そうだよ。縁起《えんぎ》でもない冗談《じょうだん》は言うものじゃないよ、恭子」

護も真剣な顔で恭子を諫《いさ》める。そんな護を、恭子はじっと見つめた。

(恭子も、護が好きだったんだ)

恭子のその視線は、護が恭子のことを話す時の目と同じだった。

「……いいえ。両親は離婚したし、私はいなくなっちゃったのよ。私はこのゲームに巻き込まれて、魔王になって……私は護に、自分を倒すように頼《たの》んだ」

「護を傷つけたくなかったから、か？」

明るくて、元気で、誰とでも仲良くなった恭子に、そんなことは許せなかったのだろう。

「……そう。護が魔王になっていたかもしれないのに。ひどいでしょう？　そのせいで、護もつかさもあんたも、傷つけてしまった」

つかさの頭から手を離し、恭子は疾斗に向き直る。

「私は護以外、すべての人の記憶《きおく》から消えてしまった。それが現実での事実。……そんな、つかさにとってはつらい事実をすべて忘れて、永遠に幸せだけを感じられるのがこの世界なの。魔王に勝った報酬として、自分の望むこの幸せな世界に、ずっといられるの」

でも、それは現実じゃない。現実では、恭子は消えている。

「でも、今ここにいるお前は……違うんだろ？　お前は幻じゃないいんだろっ？」

恭子はつかさに似た顔で微笑むだけで、何も言わない。

「……お前は魔王に勝った報酬に、何を願ったんだよ、恭子」

恭子は傍《そば》の机に腰《こし》かけ、疾斗から目を伏《ふ》せた。

「ここで、ずっと護を見守りたい……って」

「お前……そこまで……」

「うん。護が好きだった。大好きだった。なのに、あんなことをさせてしまった……っ」

ぽつりと、恭子の頰《ほお》から雫《しずく》が零《こぼ》れ、彼女は顔を覆《おお》った。

恭子は元気で、明るくて、強気な少女だった。この少女が泣き崩《くず》れるところなんて、想像もしたことがなかった。その彼女が今、大粒《おおつぶ》の涙《なみだ》を流している。

「護は何も悪くない。私が魔王になって、護に倒してほしいと言ってしまったから、護は苦しむはめになった。その苦しみを、私は知らなきゃいけないと思ったの」

それはきっと、消えてしまうよりつらい選択《せんたく》。好きな人が苦しむ様を、ずっと見ていなくてはならないのだから。

「お前にとっては全然、幸せな世界なんかじゃないのに、そんな世界を望んだのかよ」

涙を拭《ぬぐ》い、恭子は疾斗に向かって笑いかける。

「護とつかさとあんたのことを忘れるぐらいなら、私はつらいほうが幸せよ」

ここにいても、恭子はこの世界ではなく、現実の護とつかさ、疾斗を見つめている。

「……幸せな世界……永遠に……それが、魔王に勝った者への報酬……」

恭子の言葉を聞いて、疾斗は頭に浮《う》かんだ考えを呟《つぶや》き、教室を見回す。

違和感《いわかん》はないように思える。だが、よく見れば教室にいるのは、記憶にあるクラスメイト達とは違った。その中に一人、腕《うで》を怪我《けが》している生徒がいた。包帯を巻いた手で、熱心にスケッチブックに絵を描《か》いている。——それは、腕が蛇《へび》になっているモンスターを倒す五人の勇者の絵。

「疾斗？」

教室にいる一人一人を見つめる疾斗に、恭子が不思議そうに呼びかけてくる。

「護は、何度もゲームに参加して来た……。つかさは『幸せな世界』に知らない人間がいたって言ってた。魔王になった報酬が『その人の望む幸せな世界』を与えるなら、きっと
……！——

希望が見えた。

疾斗を見ていた恭子が、不意に柔《やわ》らかく微笑《ほほえ》んだ。

「何か、考えが浮かんだみたいね」

珍《めずら》しく、恭子の表情はつかさと似ていた。双子《ふたご》の証明のようなその笑顔が、妙《みょう》に嬉《うれ》しい。

「疾斗。私はもう、何もできない。だから、こう訊《き》くだけよ。——あんたは、どうする？」

恭子の笑顔、そして幻である護とつかさから、疾斗は背を向け、息を吸い込む。

「いらねえよ、こんな世界。俺には必要ない！」

疾斗は目を閉じて、そう叫《さけ》んだ。

その瞬間《しゅんかん》、背中を押された。——それが恭子の手だと、見なくてもわかった。


瞼《まぶた》を開くと、予想通り、真っ白な空間が広がっている。振《ふ》り返っても、護も、つかさも、恭子もいない。たった一人で虚空《こくう》を見上げる疾斗の耳に、無機質な声が響《ひび》いた。

『いいえ。あなたには幸せな世界が必要です』

「そんなもん……いらねえよ」

心から不要だとは言い切れないことを、疾斗も自覚していた。だってあの世界は、温かかった。魅力的《みりよく》だった。その心が、小さな声として表れる。

『ここにいれば、誰《だれ》かを妬《ねた》むことも自己嫌悪《けんお》に陥《おちい》ることもありません。この世界に苦痛などありません。あなたの理想の毎日を過ごせます。それがこのゲームをクリアしたあなたへの報酬《ほうしゆう》です』

ここにいれば、護とつかさと恭子――彼らとずっと、幸せな日々を過ごせる。

でもそれは、全部疾斗の妄想《もうそう》だ。

「――クソ食《く》らえだよ、そんなもん。空《むな》しいにもほどがあるだろ」

疾斗の望むようにしか進まない世界なんて、大好きな人達を冒瀆《ぼうとく》している。そんなものを、疾斗は大事にしたいわけじゃない。

『では、あなたの望みを』

「何でも叶《かな》うのかよ。俺の妄想じゃないことでも」

『はい。このゲームはそのようにプログラムされています』

本当に、そうだとしたら。

「俺が望むのは、このゲームの終わりと解放だ」

虚空を睨《にら》みつけながら、疾斗はプログラムの言葉を待たずに続けた。

「できないなんて言わせねえぞ。俺は魔王《まおう》を倒《たお》したんだ。……今さら、裏技《うらわざ》使って、正当な方法で勝ったわけじゃないから、なんて言うんじゃねえだろうな？」

『いいえ。あなたの勝利は不正なものではありません』

「だったら、やれよ。俺は正当な勝者で、お前の思い通りにもならなかった。お前に勝ったんだ！　それ相応の報酬をもらう。それがこの世界のルールだろ」

『はい。あなたの望みは叶います。ですが、このゲームは勝者を大切に扱《あつか》います。よって警告します。あなたは――』

大切。その単語が疾斗の神経を逆撫《さかな》でし、プログラムの言葉が終わる前に怒鳴《どな》っていた。

「勝者が大切だと？　その勝者を魔王にして、現実から存在を消しておいて、それで何が大切だと⁉　ふざけんじゃねえよ！」

疾斗の激昂《げっこう》など何の意味もないとばかりに、プログラムの声は淡々《たんたん》と言葉を返してくる。

『このゲームは、人を苦しみから救うことを目的としています。現実の世界で生きる限り、苦しみからは逃《のが》れられません。この世界で永遠の幸せを約束しているのです』

「魔王になった人間が、幸せ？　次のゲームで倒されるために、次の魔王になるんだぞ⁉」

『魔王にすることにより、負の感情を魔王という人格で表出させ、次の勇者に倒させているのです。負の感情による人格が倒されることにより、完全に苦痛を消去できます』

「それで、救ったつもりかよ。その苦痛だって、現実じゃないと意味ねえだろ。それに、現実に残された人達だって、苦しむ……！」

『魔王になった者の記憶《きおく》はすべての人間から消えています。誰も消えたことには気付きません。よって、苦しむこともありません』

感情のないその声をこれ以上聞きたくなくて、疾斗は叫んでいた。

「消えてねえよ……！　大事な人間の記憶が、消えるわけねえだろ！　苦しみから救うだと⁉　つかさは覚えてないからこそ苦しんでた！　恭子はずっとここで護を見て苦しんでた！　護だってそうだ！」

叫びながら、涙が滲《にじ》んだ。護はずっと苦しんで、さまよって、ボロボロになっていた。護こそ、救うべき存在だったはずだ。

「護は……ただ苦しんでただけじゃねえか！」

『正道護は魔王になっていませんが、特例措置《そち》として望みは叶えています』

「それで幸せだとでも、言うつもりかよ……！」

これ以上の会話は無意味に思えた。いくら言葉を重ねても、感情をぶつけても、このゲームは決められたプログラム通りに動いているだけだ。

「こんなゲーム、これ以上続けていいわけがない。終わりにしてやる」

滲んだ涙《なみだ》を拭って、疾斗は再度、虚空を睨みつけた。

『現在、このゲームの中心はあなたです。ゲームを終了《しゅうりょう》させれば、あなたも消える可能性があります。それでもこのゲームを終了しますか？』

ゲームを終了したら、疾斗も恭子も消えてしまうかもしれない。護とつかさの元には帰れず、彼らの記憶からも、すべての世界からも、疾斗は消えてしまうかもしれない。

（いや……望みはある。このゲームが、勝者の望みを叶えるものなら……）

虚空に向けて、疾斗はしっかりとうなずいた。

「ああ。それでもいい」

疾斗は自分の核《かく》を見下ろす。黄色に輝《かがや》くそれは、疾斗の魂《たましい》の結晶《けっしょう》。

(俺は、俺を見捨てない。あいつらが大事にしてくれたから)

そこに、疾斗は爪《つめ》で自分の名前を刻みつける。痛みはないが、傷を付ける度《たび》に動きが鈍《にぶ》くなり、時間が掛《か》かった。

(人に嫉妬《しっと》して、勝手にふて腐《くさ》れて、自分の世界に閉じこもってる俺でも……俺といっしょにいたいって言ってくれる人がいた。俺を守ってくれた人がいた。背中を押してくれる人がいた。だから、きっと大丈夫《だいじょうぶ》だ)

自分を忘れないように、見捨てないように、諦《あきら》めないように、疾斗は核に自分の名前を刻んで、顔を上げた。


「……このゲームを終了して、すべてを解放しろ」

『了承しました。「Lv99」を終了し、すべてを解放します』

疾斗は自ら、ゆっくりと瞼を閉じる。

待ってる人がいる。だからきっと、大丈夫。

エピローグ

かけがえのない自分

何で。どうして。一体何が起こっているのか、わからない。

ガコッ。


パニックになりながら、護は屋上のドアを勢いよく開く。午後の授業が始まっていたが、そこには人影《ひとかげ》があった。振《ふ》り返った少女、つかさの目には涙が浮《う》かんでいた。

目の前に佇《たたず》むつかさの悲痛な表情と涙から、彼女が何か知っていると察した。

「つかさ！　疾斗がいないんだ！　誰《だれ》も覚えてない！　何で……っ！」

「護くん……」

「疾斗だけじゃない。生徒会長の悠弦先輩《せんぱい》と、つかさ達のクラスメイトの功樹もいないだろ!?　つかさは何か知ってるんじゃないか!?　僕は、知らない間に……っ」

つかさの腕《うで》を掴《つか》むと、彼女の唇《くちびる》から震《ふる》えた、しかししっかりした声が聞こえてきた。

「私達はあのゲームに巻き込まれたの。疾斗くんと護くんが、魔王《まおう》になった私を元に戻《もど》してくれた。でも疾斗くんは……護くんと私を現実に戻すために、魔王になったの」

つかさによると、今日はゲームの世界から戻った翌日なのだという。

あの世界から現実に帰ってくると、あの世界で起きた出来事はすべて忘れてしまう。

護は今までのゲームのことは覚えている。だが突然《とつぜん》、何も変わらないはずの日常の中で、疾斗の存在が消えていることに気付いた。疾斗がいない——この事実こそが、つかさの言う通り、疾斗が魔王になったという証拠《しょうこ》だった。

「そんな……。僕は、つかさと疾斗を守るために、負けるわけにはいかなかったのに……！」

二人とも、魔王にしてしまっただなんて。恭子との約束を守れなかった。

「疾斗くんは、『絶対に、抜《ぬ》け道を探し出して、帰るから』って言ってたの」

——護。つかさ。

……俺のこと、信じてくれるか？

「私は、疾斗くんを信じてる。護くんも、信じてあげて」

そう言って、つかさは目に浮かんでいた涙を拭《ぬぐ》って、強く前を見据《みす》えた。

「だから、泣くのはこれで最後にする。でも、じっと待ってなんていられない。疾斗くんが早く帰って来られるように、何か方法を探さなきゃ。このまま疾斗くんがいなくなるなんて、絶対嫌《いや》だもん」

「……うん。僕も、そんなのは嫌だ。疾斗は、こんなことで消えるような奴《やつ》じゃないよ。負けず嫌《ぎら》いだしね」

何もせず、疾斗が戻って来るのを待っていることなんてできない。護とつかさが何かできることはないかと二人で考えていたその時。不意にスマホの通知音が鳴った。

ピコン。

その音は二人のポケットから同時に響《ひび》く。二人は顔を見合わせつつ、スマホを見た。
時計はちょうど午後三時になったばかり。『Lv99』のアプリに、通知のマークがあった。
アップデートかと思いつつ、護は確認《かくにん》のためにアプリを開く。
見慣れたスタート画面に、いつもとは違《ちが》う文章があった。

『「Lv99」サービス終了《しゅうりょう》のお知らせ』

「何だよ、これ……！」

表示されたお知らせを読んでみても、理由らしい理由はない。サービスを終了することだけが短くまとめられている。そして最後に、終了までのカウントダウンが始まっていた。

『サービス終了まで　あと 11:57:34』

あと約十二時間。明日《あした》の午前三時で、このゲームは終わってしまう。

「このゲームが終わってしまったら、疾斗くんは……！」

護とつかさの不安を逆撫《さかな》でするかのように、デジタル表示の時間は刻々と進んでいく。

深夜、護は一人で公園にいた。時計は午前二時五十二分をさしている。

つかさの家の近くの公園で、護は彼女を待つ。家から抜け出してきたつかさの姿が見えると、護はスマホを取り出した。

『Lv99』のサービス終了のカウントダウンは続いている。

あの後運営会社にメール、電話もしてみたが、まったく繋《つな》がらない。世間にはまだ『Lv99』のプレイヤーは多く、問い合わせが殺到《さっとう》しているらしいが、誰も連絡《れんらく》を取れないようだ。運営会社らしいものは、もう存在しないのかもしれない。

スマホを持つつかさの手が震えていた。不安で押し潰《つぶ》されそうな様子が見て取れる。そんなつかさに、護は努めて冷静に言った。

「つかさ。考えたんだけど……このゲーム終了は、疾斗がやったことなんじゃないかな」

「どういうこと……？」

「そもそもこんなゲームがあるから、僕達は苦しめられた。疾斗はもう誰も……いや、僕達を苦しめないために、ゲームを終了させたんじゃないかな」

護の言葉に、つかさはスマホをぎゅっと握《にぎ》ってうなずく。その口元が微笑《ほほえ》んでいた。

「うん……疾斗くんは、そういう人だもんね。でも、疾斗くん、は……っ」

ゲームの中にいる疾斗は、どうなってしまうのか。

スマホを見下ろすと、数字だけが規則正しく動いていた。スマホが揺《ゆ》れている。護の手も、つかさと同じく震えていた。

『サービス終了まで　あと00:00:01』

どうしたらいいのかわからない。止められない。どうしようもない。

残りの一秒が経過する。


『サービス終了まで　あと00:00:00』


ゼロが六つ並んだ瞬間《しゅんかん》、一瞬護の視界が暗くなった。自分が瞬《まばた》きをしたのか、それともスマホの画面が一度切れたのかと思ったが、何かが違う気がした。

(今、何か妙《みょう》な感じが……)

トン、トン、という音で、護は我《われ》に返る。

「何で……どうして……っ!」

つかさが苦しげに呟《つぶや》きながら何度も画面をタップしていた。

護はアプリを閉じて再起動させてみるが、アイコンをタップしても、ゲームのスタート画面は決して現れなかった。

スマホゲーム『Lv99』は、完全に終了した。

つかさのスマホの画面に、ぽつぽつと雫《しずく》が落ちる。そんな彼女と自分を励《はげ》ますために、護は口を開いた。

「疾斗は、約束を破るような奴じゃないよ」

「わかってる……信じてないわけじゃないの。でも……っ」

それが疾斗であるかのように、つかさはスマホを抱《だ》きしめる。

「もう会えないなんて、絶対にやだよ、疾斗くん……っ！」

護は一睡《いっすい》もできないまま朝を迎《むか》えていた。ぼんやりしていると、不意にスマホにメッセージが入った。つかさから「すぐに会いたい」とある。

学校に着く前につかさと落ち合う。つかさは護の姿を見た瞬間、こちらに走って来た。

「護くん……！　今日、何だかおかしいよ！」

「おかしい……って？」

「き、昨日と、同じなの。お母さんの言ってることも、テレビの内容も……日付も」

つかさの言葉に、護は慌《あわ》ててスマホを取り出す。その日付を見て、鳥肌《とりはだ》が立った。

「何で……昨日と、同じ日付なんだ……!?」

「やっぱり『Lv99』が、関係してるのかな……？」

「終了したばかりでこれだから、関係がないとは思えない。……とにかく、学校に行ってみよう。本当に昨日と同じなのか、確認しないと」

偶然《ぐうぜん》のはずがない。ゲームの世界で負けた時に行くコンテニュー世界でもないのに、こんなことはありえない。

何が起こっているのか、確認しないといけない。昨日と同じ出来事の中で、もしかしたら何かが変わっているのかもしれない。

校門前で護は立ち止まり、つかさは不安そうに周囲を見回していた。

護の肩《かた》がバシッと叩《たた》かれた。その後、よく通る明るい声が響く。

「っはよー！　護とつーちゃん、一緒《いっしょ》なんて珍《めずら》しいね！　もしかして、もしかしちゃう？」

護とつかさはその声に驚《おどろ》きながら振《ふ》り返る。派手な色に染めた髪《かみ》に、蛍光色《けいこうしょく》のパーカーを着た少年が、ニカッと笑っていた。

「功樹、くん……!?」

あっけにとられている護とつかさに、功樹はウインクしてみせる。

「？　そうだよ？　みんなのアイドル功樹くんだよっ！　——あてっ！」

そんな功樹の派手な髪に、参考書の背表紙がスコンと落ちてきた。

「こら、功樹。校門前で何騒《さわ》いでるんだ？」

振り返った功樹が、頭を小突《こづ》いた犯人を見て、パッと顔を明るくした。

「あ！　悠弦先輩《せんぱい》！　おはようございます！　現在二人の仲を絶賛調査中ッス！」

「またその話題か。護、そろそろはっきりさせないと、噂《うわさ》が一人歩きしてしまうよ？」

艶《つや》やかな黒髪に、眼鏡《めがね》を掛《か》けた切れ長の目。一見すると冷たいようにも見える表情に、穏《おだ》やかで優《やさ》しい笑《え》みを浮《う》かべた、大人びた少年。

穏やかに笑う悠弦と、そんな彼に懐《なつ》く功樹。少し前まではよく見た光景だったが、今日、この時にはありえない光景だった。

功樹と悠弦を混乱した表情で見つめていたつかさが、不意に大きく目を見開いた。

「つかさ？　どうしたの？」

つかさの視線の先にいたのは、右腕《みぎうで》に包帯を巻いた、少し沈《しず》んだ表情の男子生徒。彼に気付いた悠弦が笑顔で挨拶《あいさつ》すると、彼もわずかに笑って挨拶を返していた。

「腕を怪我《けが》した、先輩……。あの人……私が倒《たお》してしまった魔王《まおう》だった人かも……」

「っ……！　ちょっと、来て」

呆然《ぼうぜん》と立ち尽《つ》くすつかさの手を引いて、護は早足で校舎へ向かった。


護は固まっていたつかさの手を引き、屋上までやってきた。

「何で……功樹くんと、悠弦先輩が……!?　魔王だった人まで……」

ここまで連れてくる間、驚いて何も言わなかったつかさだったが、ぽつりとそう呟いた後、護を見上げてきた。その目には涙《なみだ》が滲《にじ》み、希望の笑みが浮かんでいた。

「ねえ、護くん……。功樹くんと悠弦先輩が、戻《もど》って来たなら……っ！」

逸《はや》る気持ちを抑《おさ》えるように、つかさは胸元《むなもと》でぎゅっと手を握る。嬉《うれ》しそうなつかさを見ながら、しかし護は手放しには喜べなかった。

「でも……功樹と悠弦先輩は、魔王に倒されて消えたんだろ？　条件が違《ちが》うよ。疾斗が魔王になってしまったなら――」

「戻って来るよ！　だって、魔王だった先輩も戻って来てるんだよ!?　それに――」

大人しいつかさにしては強い口調で、護の言葉を遮《さえぎ》っていた。

「疾斗くん、信じてほしいって言ってたもの。絶対、戻って来るよ」

つかさの強く、明るい目。——やっぱり双子《ふたご》だ。恭子に似ている。

「そう、だよね。……つかさは、強いなぁ」

戻って来る——護はその言葉を口にすることはできなかった。

希望を抱《いだ》いていても、それが実現しないこともある。守れないこともあった。その経験が、護を臆病《おくびょう》にしている。

「ううん……私は、強くなんてないよ。——私が魔王になった時、ね……私は『強さ』に執着《しゅうちゃく》して、勇者もモンスターも、みんな倒そうとしてたの。私が欲しかったのは、そんな強さじゃなかったのに……っ」

泣きそうになりながら、それでもつかさは涙を堪《こら》えて笑った。

「私が強く見えてるなら、それはみんながいるって思えるから。信じられる人達がいるから、強くいられるんだよ」

魔王になったつかさを、護は覚えていない。だが、本当につかさが欲しかった『強さ』の形は、護にはわかった気がした。

「……やっぱり、つかさは強いよ」

「ふふふ。だって私は、恭子ちゃんの双子の妹だもん!」

「ははっ、それ、すごい説得力」

二人で少し泣きそうになりながら笑っていると、背後から音がした。


ガコッ。


それは屋上のドアを開ける時の、独特の音。二人は慌てて背後を振り返った。

——屋上のドアの開け方を知っているのは、四人だけ。

「まさか……」

そんなはずない。期待するなと、護は自分に言い聞かせる。期待すれば、その分絶望してしまうから。

扉《とびら》が開き、男子生徒が顔を上げ、長い前髪の隙間《すきま》から、二人を見た。

「やっぱり、ここだった」

護とつかさと目が合うと、彼は珍しく、笑みを浮かべた。

「疾斗……っ」

滲む視界の中で、護が彼の名前を呼ぶ。そばでつかさが駆《か》け出し、疾斗に抱《だ》きついていた。疾斗も予想外だったのだろう。顔を真っ赤にして、慌ててつかさを受け止める。

「うわっ……⁉　ちょ、つ、つかさ……⁉」

「っ……疾斗くん！　疾斗くんっ！」

疾斗を抱きしめ、泣きながらつかさはその名前を呼び続ける。

戸惑《とまど》っていた疾斗の手が、つかさの背中にそっと触《ふ》れた。

「待ってたよ……！　私達、疾斗くんに、会いたくて、でも、ゲームが終わっちゃって、疾斗くんも消えちゃったんじゃないかって、不安で……！」

「そうだよ。遅《おそ》いよ、バカ疾斗」

涙を拭《ぬぐ》いながら、護も疾斗のそばに近づいて、拳《こぶし》を突《つ》きつける。疾斗も涙を浮かべながら、自分の拳をぶつけた。あたたかいその体温に、また涙が浮かぶ。

「うん……俺達も、会いたかった」

疾斗の言葉に、つかさが疾斗から離《はな》れ、顔を上げて首を傾《かし》げた。

「俺、達……？」

疾斗はうなずき、背後の半開きのドアを見て……そして顔を歪《ゆが》めた。苛立《いらだ》った様子でドアを大きく開け放ち、そこにいた人物の腕を摑《つか》んだ。

「おい。何やってんだよ。らしくねえな」

「ちょっ、待って待って待って！　まだ心の準備が――ぎゃあ！」

日の当たる場所に、疾斗は彼女を引きずり出す。疾斗に背中を押されて、彼女の身体《からだ》はつんのめって、護の腕の中に倒れ込んできた。

「恭子、ちゃん……っ⁉」

つかさの震《ふる》えた声が、ひどく遠くに聞こえた。

護は咄嗟《とっさ》に受け止めた彼女を見つめ、動けずにいた。

日廻恭子。

もう一度彼女に会いたい――叶《かな》わないと知りながら、ずっと願っていた。死んだ後でもかまわない。許されるなら、もう一度、その声で名前を呼んでほしい――

護と同じように固まっていた彼女が、顔を上げる。潤《うる》んだその目に、護が映っている。

夢じゃない。ゲームの世界でもない。現実で、恭子が笑っていた。

「護。私、ずっと護のこと見てたのよ。……つらいのに、苦しいのに、必死でつかさと疾斗を守ってくれたこと、私、ちゃんと見てたから……っ」

恭子の手が護の頬《ほお》に触れ、彼女は泣きながら微笑《ほほえ》む。

「ありがとうなんて言葉じゃ足りないけど……ありがとう、護」

「恭子……！」

抱きしめると、たしかな温かさがあった。その温度と感触《かんしょく》に、護の目から涙が止めどなく溢《あふ》れ出した。もうあの時のように、恭子は消えたりしない。

まだ少ししゃくりあげながら、微笑んでいたつかさが、ふと疾斗を見つめた。

「でも、どうしてみんな、戻って来られたの？ ゲームは終わっちゃったのに……」

つかさが疑問を口にする。護と恭子も顔を上げ、そして少し照れながら離れる。

護と恭子の反応に疾斗は呆《あき》れたように笑い、つかさの言葉に答えた。

「一つ目の理由は、魔王になった俺達の望みが重なった結果だと思う」

「望み？ それって、報酬《ほうしゅう》のこと？」

「護……っ」

護が首を傾げると、疾斗は真顔のままうなずく。

「魔王《まおう》になったプレイヤーは、望みが叶えられる。まあ、あの世界でできることだけだけど。俺の望みは『ゲームの終了《しゅうりょう》と解放』だった。だから『Lv99』は終了した」

「アプリの『Lv99』が突然《とつぜん》終わったのは……やっぱり疾斗が望んだことだったの？」

「ああ。でも、ゲームを終わらせろって望んだだけじゃ、魔王になった俺は、きっとゲームといっしょに消えてたと思う」

疾斗の言葉に、護は血の気が引くのを感じた。つかさと恭子も、そっくりな顔を同じように強張《こわば》らせた。その様子を見て、疾斗は慌《あわ》てて言葉を続けた。

「さ、最後まで聞けって。俺今ちゃんといるだろ！　……ゲームを終了させても、つかさと恭子の望みが叶えられてるなら、大丈夫《だいじょうぶ》だと思ったんだ」

「私達の、望み……？」

つかさは恭子と目を合わせてから、首を傾げる。

「うん。現実に戻《もど》って来ても、護の『恭子を覚えていたい』って望みは継続《けいぞく》してた。それは魔王に勝った『報酬』だからだ。だから、きっと『報酬』はゲームが終わっても継続するんじゃないかって踏《ふ》んだんだ」

そう言って、疾斗はつかさと恭子を見つめた。

「つかさの望みは、消えた恭子や悠弦先輩《せんぱい》、功樹も含《ふく》めて、『みんなでずっといっしょにいたい』だった。ゲームが終わった今、あのゲームの世界で俺達がいっしょにいることはできない。だから俺達はつかさのいる現実に戻って来て『つかさといっしょにいる』んだ」

疾斗がつかさを見て、笑った。その優《やさ》しい笑《え》みがつかさ限定のものだと、つかさは気付いているだろうか。

「功樹くんや、悠弦先輩も……？」

「ああ。つかさの望む『幸せな世界』には二人もいたんだろ？　二人とも、ゲームの世界での出来事は覚えてないだろうけどさ」

「うん……っ！　そっか、よかった……っ！」

胸を撫《な》で下ろし、そしてつかさは再び目に涙《なみだ》を溜《た》め、顔を覆《おお》った。

「私、みんなでずっといっしょにいたいって、望んでよかったんだ……っ。叶ったんだ、現実《ここ》で！」

恭子がつかさの頭を撫でると、つかさは恭子に抱きつく。消えてしまった片割れと、友達。大事な人といっしょにいる。それだけの望みが間違《まちが》っているはずない。それを疾斗は、証明してくれた。

消えてしまった人が、戻って来た。嬉《うれ》しい――しかし、また消えてしまったら。そんな不安が護の胸にはまだ燻《くすぶ》っている。

この奇跡《きせき》をたしかなものにするために、護は疾斗に向かって、残る疑問を口にした。

「疾斗。さっき『一つ目の理由は』って言ったよね？　それに、悠弦先輩と功樹は、アミュレットを破壊《はかい》されたんだろ？　魔王になってしまったっていう先輩も、消えててもおかしくないはずなのに、戻って来てるのは、どうして？」

「消えてなかったんだよ。過去のゲームのセーブデータとして残ってたんだ」

疾斗の「セーブデータ」という言葉に、護も恭子もつかさも目を瞠《みは》る。そんな三人を見て少しだけ笑ってから、疾斗はつかさを見て言った。

「つかさは、自分が望んだ『幸せな世界』に、知らない人間がいたって言ってただろ？」

「うん……。何で知らない人がいるのかなって……後からだけど、不思議に思ってた」

「魔王に勝った報酬は『自分の望む幸せな世界を与《あた》えること』だ。『自分の望む幸せな世界』なんて、望む人間がいなきゃ成り立たない」

「……だからプログラムは魔王になった人間を消せなかった……ってこと？」

護の問いに、疾斗は静かにうなずき、握《にぎ》りしめた自分の手をじっと見つめた。

「俺は、俺の理想の世界を見せられた時、つかさが倒《たお》した魔王だった先輩が絵を描《か》いてた。……俺達五人が、魔王と戦ってる時の絵だった。そこで思ったんだ。今までのクエストのセーブデータが、どこかにあるんじゃないかって。でもそんなもんなかった。だから魔王になった人間自体が、セーブデータとして残ってるんじゃないかって思ったんだ」

疾斗が握っていた手を、そっと開く。

「このゲームを終わらせて、魔王だった人達を解放すれば、セーブデータの中にある、消えてしまった人達も解放できるんじゃないかって、思ったんだ」

そう言ってから、疾斗はバツが悪そうに視線を逸《そ》らす。

「……正直、これはほぼ賭《か》けだったけど」

その自信のなさに、疾斗らしさを感じてしまい、護は笑ってしまった。

「もっと自信持てばいいのに。疾斗だなぁ」

「そうよ、うまくいったじゃない！　さすがゲーム廃人《はいじん》ね！」

「うるせえよ！　てかお前にゲーム廃人とか言われたくねえ！」

恭子と疾斗の以前のようなやりとりを、つかさが食い入るように見つめていることに気

付く。そして嬉しさからか、つかさは涙を浮《う》かべて疾斗に笑いかけた。

「疾斗くんのおかげで、みんな帰って来られたんだね」

「……違うよ、つかさ」

少し考えてから、疾斗は静かにつかさの言葉を否定する。きょとんとしたつかさと恭子、そして護が疾斗を見ると、彼は笑った。

「ここにいる全員が、どんな姿になっても、大事なものを諦《あきら》めなかったからだよ」

疾斗がいて、つかさがいて、恭子がいて、護がいる。四人が揃《そろ》った、奇跡のような光景。

始業のチャイムが鳴っても、四人はその場から動こうとはしなかった。


ピコン。


誰《だれ》かのポケットの中で、スマホの通知音が響《ひび》いた。

新しいメッセージが一件、画面に表示される。

『Lv99』のアップデートが完了しました。新しいクエストを開始しますか？

あとがき

こんにちは。時田《ときた》とおるです。

『僕がモンスターになった日2』いかがでしたか？　楽しんでいただけたなら幸いです！

また、この小説を読んで楽曲である『僕がモンスターになった日』『Lv99』の世界も広がればとっても嬉《うれ》しいです！

そんな楽曲の生みの親である、れるりりさま。Kitty creators 事務所のみなさま。素敵《すてき》なイラストを担当してくださったMW《みう》さま。たくさん支えてくださった編集の山内《やまうち》さま。編集部のみなさま。各関係者のみなさま。家族、友人達。ありがとうございました！

そしてもちろん、読者のみなさまに心からの感謝を！　ここまで読んで下さって本当にありがとうございました！

それでは、またお会いできることを心から願っております。

時田とおる

れるりりコメント

こんにちは、れるりりです。
僕がモンスターになった日の2巻、
お買い上げありがとうございます！
いろいろびっくりな展開でしたね!?
「Lv99」のアプリはどうなってしまうのか！
みなさんも、ゲームのやり過ぎはダメですよヽ(´ー`)ノ

れるりり

「僕がモンスターになった日 2」の感想をお寄せください。
おたよりのあて先
〒102-8078 東京都千代田区富士見1-8-19
株式会社KADOKAWA 角川ビーンズ文庫編集部気付
「れるりり」先生・「時田とおる」先生・「MW」先生
また、編集部へのご意見ご希望は、同じ住所で「ビーンズ文庫編集部」
までお寄せください。

僕《ぼく》がモンスターになった日《ひ》 2

原案/れるりり(Kitty creators) 著/時田《ときた》とおる

角川ビーンズ文庫 BB510-2 20768

平成30年2月1日 初版発行

発行者――三坂泰二
発 行――株式会社KADOKAWA
〒102-8177 東京都千代田区富士見2-13-3
電話 0570-002-301(ナビダイヤル)
印刷所――暁印刷 製本所――BBC
装幀者――micro fish

KADOKAWA カスタマーサポート
[電話] 0570-002-301(土日祝日を除く11時~17時)
[WEB] http://www.kadokawa.co.jp/ (「お問い合わせ」へお進みください)
※製造不良品につきましては上記窓口にて承ります。
※記述・収録内容を超えるご質問にはお答えできない場合があります。
※サポートは日本国内に限らせていただきます。

ISBN978-4-04-106114-5 C0193 定価はカバーに表示してあります。